PROYECTO SILVERVIEW

🌐 Planeta Internacional

JOHN LE CARRÉ

PROYECTO SILVERVIEW

Traducción de Ramón Buenaventura

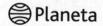 Planeta

Obra editada en colaboración con Editorial Planeta – España

Título original: *Silverview*

John le Carré

© 2021, The Literary Estate of David Cornwell

© 2021, Epílogo: Nick Harkaway

© 2022, Traducción: Ramón Buenaventura

© 2022, Editorial Planeta, S. A. – Barcelona, España

Derechos reservados

© 2022, Editorial Planeta Mexicana, S.A. de C.V.
Bajo el sello editorial PLANETA M.R.
Avenida Presidente Masarik núm. 111,
Piso 2, Polanco V Sección, Miguel Hidalgo
C.P. 11560, Ciudad de México
www.planetadelibros.com.mx

Primera edición impresa en España: enero de 2022
ISBN: 978-84-08-25181-1

Primera edición impresa en México: marzo de 2022
ISBN: 978-607-07-8580-1

Impreso en los talleres de Litográfica Ingramex, S.A. de C.V.
Centeno núm. 162-1, colonia Granjas Esmeralda, Ciudad de México
Impreso en México –*Printed in Mexico*

1

A las diez en punto de una mañana de lluvia torrencial, en el West End londinense, una joven con un anorak holgado y una bufanda de lana envolviéndole la cabeza se adentraba resueltamente en la tormenta que bajaba rugiendo por South Audley Street. Se llamaba Lily y se encontraba en un estado de ansiedad emocional que por momentos se trocaba en indignación. Llevaba mitones: con una mano se cubría los ojos de la lluvia, mientras escrutaba los números de los portales, y con la otra tiraba del cochecito que contenía a Sam, su hijo de dos años, bajo una lona de plástico. Algunas casas eran tan grandiosas que no tenían número. Otras sí lo tenían, pero no de esa calle.

Al llegar a un portal pretencioso, con el número pintado con insólita claridad en una columna, subió la escalera marcha atrás, arrastrando el cochecito, pasó revista al cuadro de nombres situado junto a los timbres de la propiedad y pulsó el más bajo.

—Solo tiene que empujar la puerta, cariño —le aconsejó por el interfono la voz bondadosa de una mujer.

—Necesito a Proctor. Me lo dijo ella: o Proctor o nadie —replicó de inmediato Lily.

—Stewart está llegando, cariño —le comunicó la misma voz conciliadora, y unos segundos después se abrió el portón y apareció un hombre esbelto, con gafas, de cincuenta y tantos años, con el cuerpo ladeado a la izquierda, y la alargada cabeza inclinada en actitud de preguntar algo casi gracioso. A su lado permanecía una señora mayor con el pelo blanco y una chaqueta de punto.

—Yo soy Proctor. ¿Te echamos una mano con eso? —preguntó el hombre, mirando el carrito.

—¿Cómo sé que es usted? —le preguntó Lily en respuesta.

—Porque tu venerada madre me llamó anoche a mi número privado y me insistió en que estuviera aquí.

—Le dijo que usted solo —objetó Lily, mirando a la señora con el ceño fruncido.

—Marie se ocupa de la casa. Y no tiene inconveniente en echar una mano cuando hace falta —dijo Proctor.

La señora dio un paso al frente, pero Lily la apartó con el hombro para entrar, y Proctor cerró la puerta tras ella. En la tranquilidad del vestíbulo, recogió la protección de plástico hasta dejar al descubierto la cabeza del niño, que tenía el pelo negro y rizoso y mostraba una envidiable cara de satisfacción en su sueño.

—Se ha pasado la noche despierto —dijo Lily, poniendo una mano en la frente del chico.

—Qué guapo —dijo la llamada Marie.

Tras situar el carrito en el hueco de la escalera, en la zona más oscura, Lily hurgó debajo de la criatura y extrajo un sobre blanco y grande, sin marcas, para luego plantarse ante Proctor. Este esbozó una sonrisa que la hizo acordarse del cura viejo a quien se suponía que le contaba sus pecados en el internado. El internado no le gustó nada en su momento, y tampoco el cura, de modo que no tenía la menor intención de que le gustara Proctor ahora.

—La idea es que yo me quedo ahí sentada mientras usted lo lee —puso en conocimiento del hombre.

—Por supuesto —confirmó Proctor, complaciente, mirándola de un modo avieso desde lo alto a través de sus gafas—. Y ¿puedo añadir que lo siento muchísimo?

—Si desea responderle, tendré que darle yo el mensaje, de viva voz —dijo ella—. No quiere llamadas telefónicas, mensajes de texto ni correos. Ni del Servicio ni de nadie. Incluido usted.

—Todo esto es muy triste, también —comentó Proctor, tras un momento de sombría reflexión, y, como si hasta entonces no hubiera sido consciente del sobre que tenía en la mano, lo palpó con sus dedos huesudos—. Vaya tocho, ¿no? ¿Cuántas páginas le calculas?

—No lo sé.

—¿Papel con membrete personal? —Seguía palpando—. No, no puede ser. Nadie tiene papeles con membrete propio de este tamaño. Son folios normales, supongo.

—No he visto lo de dentro, ya se lo he dicho.

—Por supuesto que sí lo has visto. Bueno —añadió con una sonrisita cómica que desarmó momentáneamente a Lily—, pues manos a la obra. Tengo mucho que leer, evidentemente. ¿Te importa que me retire?

En un árido cuarto de estar, al otro lado del vestíbulo, Lily y Marie permanecieron sentadas una frente a otra, en unos viejos sillones de tartán con apoyabrazos de madera. Las separaba una mesa de cristal llena de rayaduras, y sobre ella una bandeja de hojalata con un termo de café y galletas de avena y chocolate. Lily ya había rechazado ambas cosas.

—Y ¿cómo se encuentra ella? —preguntó Marie.

—Todo lo bien que cabe cuando está uno muriéndose, gracias.

—Sí, es todo un espanto, claro. Siempre lo es. Pero ¿cómo está de ánimo?

—No ha perdido la chaveta, si es eso lo que quiere usted decir. No recurre a la morfina, no la tolera. Baja a cenar cuando le es posible.

—Y sigue gustándole comer, imagino.

Incapaz de soportarlo más, Lily se trasladó al vestíbulo y estuvo entreteniéndose con Sam hasta que apareció Proctor; el cuarto era más pequeño que el primero, y más oscuro, con unos visillos mugrientos, muy densos. Intentando mantener una distancia de respeto entre ambos, Proctor se situó junto a un radiador, en la otra punta de la habitación. A Lily no le gustó nada la expresión de su rostro. Usted es el oncólogo del hospital de Ipswich,

10

y lo que va a decir ha de quedar en el ámbito familiar más restringido. Va usted a decirme que se muere, pero eso ya lo sé, de modo que ¿qué más?

—Doy por supuesto que conoces el contenido de la carta de tu madre —empezó Proctor, sin entonación, sin sonar ya como el cura con quien Lily no se confesaba, sino como alguien mucho más real. Y al ver que ella se disponía a negarlo—: En general, digamos, no su contenido real.

—Ya se lo he dicho —replicó Lily tajantemente—. Ni en general ni de ninguna manera. Mamá no me ha dicho nada, y yo no le he preguntado.

Es a lo que solíamos jugar en el internado: ¿cuánto tiempo puedes aguantar mirando de frente a otra chica sin pestañear ni sonreír?

—Muy bien, Lily, vamos a plantéarnoslo de otra manera —sugirió Proctor, con una paciencia exasperante—. No sabes lo que hay en la carta. No sabes de qué trata. Pero a alguna amiga le habrás dicho que te ibas a presentar en Londres a entregarla. De modo que ¿a quién se lo has dicho? Porque tenemos que saberlo.

—No le he dicho una puta palabra a nadie —le espetó Lily al inexpresivo rostro del otro lado de la habitación—. Mamá me dijo que no lo hiciera, y no lo hice.

—Lily.

—¿Qué?

—No estoy al tanto de tus circunstancias personales. Pero lo poco que sé me indica que debes de tener alguna relación con alguien. ¿Qué le has dicho a él? ¿O a ella, si es ella? No puedes desaparecer todo un día de tu afligida casa así, por las buenas, sin poner alguna excusa. Nada más humano que decir, como de pasada, a un amigo, a una amiga, incluso a alguien meramente conocido, «Oye, ¿sabes qué?, voy a acercarme a Londres a entregar en mano una carta secreta de mi madre».

—¿Me está usted diciendo que es humano, entre nosotros, hablarnos así? ¿Hablarle así a un mero conocido? Lo humano es lo que me dijo mi madre: que no se lo contara a ningún bicho viviente, y no se lo he contado. Además, estoy adoctrinada. Por todos ustedes. Estoy comprometida. Hace tres años me pusieron una pistola en la sien y me dijeron que ya era lo suficentemente mayor como para guardar un secreto. Y además no tengo ninguna relación, ni tantas amiguitas con quienes pasarme el día charlando.

El juego de mirarse a los ojos empezó de nuevo.

—Y tampoco se lo dije a mi padre, si es eso lo que me está preguntando —añadió, en un tono que más bien sonaba a confesión.

—¿Estipuló tu madre que no debías contárselo? —inquirió Proctor, con más rotundidad.

—No me dijo que lo hiciera, de modo que no lo hice. Somos así. Así es nuestra casa. Nos acercamos unos a otros de puntillas. Puede que en su casa sea igual.

—Bueno, pues cuéntame, si no te importa —siguió Proctor, sin entrar en lo que su familia hacía o dejaba de hacer—. Me interesa. ¿Qué motivo aparente alegaste para acercarte a Londres hoy?

—¿Quiere usted decir qué tapadera utilicé?

El demacrado rostro del otro lado de la habitación se iluminó.

—Sí, pongamos que sí —concedió Proctor, como si *tapadera* fuese un concepto nuevo para él, bastante divertido, por otra parte.

—Estamos buscando una guardería en nuestra zona. Cerca de mi apartamento de Bloomsbury. Para poner a Sam en lista de espera, hasta que cumpla los tres años.

—Admirable. Y ¿de veras vas a hacer eso? ¿Vas a buscar una auténtica guardería? ¿Sam y tú? ¿A ponerte en contacto con la dirección y todo lo demás? ¿Que apunten su nombre?

Proctor era ahora como un tío preocupado por su sobrino, y muy convincente, además.

—Dependerá de cómo esté Sam cuando logre sacarlo de aquí.

—Haz el favor de arreglarlo, si puedes —le instó Proctor—. Lo hará todo más fácil cuando regreses a casa.

—¿Más fácil? ¿El qué? —preguntó Lily, echando de nuevo el freno—. ¿Más fácil que mentir, se refiere?

—Me refiero a que es más fácil no mentir —la corrigió Proctor, muy serio—. Si dices que Sam y tú vais a visitar una escuela y la visitáis, y luego volvéis a casa, ¿dónde está la mentira? Bastante agobio tienes ya. No sé cómo te las apañas para soportar todo esto.

Durante un incómodo momento, Lily supo que lo decía de verdad.

—Y nos queda algo por aclarar —prosiguió Proctor, retomando la cuestión—: ¿qué respuesta debo darte para que se la transmitas a tu valerosa mamá? Porque tiene derecho a una respuesta. Y ha de recibirla.

Hizo una pausa, como esperando la ayuda de Lily. En vista de que no la recibía, continuó.

—Y, como tú misma has dicho, tiene que ser de palabra. Y tendrás que administrársela tú sola. Lo siento mucho, Lily. ¿Puedo empezar con ello? —preguntó, y empezó sin esperar la contestación—. Nuestra respuesta es un sí inmediato a todo. O sea, tres síes en total. Nos hemos tomado muy en serio su mensaje. Se tendrán en cuenta sus preocupaciones. Todas sus condiciones se cumplirán plenamente. ¿Te acordarás de todo?

—De todo lo importante, sí.

—Y, por supuesto, dile que le agradecemos muchísimo su valentía y su lealtad. Y también te damos las gracias a ti, Lily. Y de nuevo: lo siento mucho.

—¿Qué pasa con mi padre? ¿Qué le digo? —preguntó Lily, sin darse por satisfecha.

Otra vez la sonrisa cómica, como una señal luminosa de aviso.

—Sí, esto... Puedes contarle lo de la guardería que piensas visitar, ¿no? Al fin y al cabo, es para eso para lo que has venido hoy a Londres.

Con gotas de lluvia salpicándola desde la acera, Lily siguió avanzando hasta llegar a Mount Street, donde paró un taxi y le pidió al conductor que la llevase a la estación de Liverpool Street. Quizá hubiera tenido verdadera intención de ir a esa guardería. Ya no estaba segura. Quizá lo hubiera comentado la noche anterior, aunque lo dudaba, porque en ese momento ya había tomado la decisión de no volver a dar explicaciones a nadie, nunca. También podía ser que la idea no se le hubiera ocurrido hasta que Proctor se la sacó. Lo único que sabía era: no iba a visitar ninguna puñetera guardería para darle gusto a Proctor. A freír espárragos eso, y las madres agonizantes y sus secretos, a freír espárragos todo.

2

Esa misma mañana, en una pequeña localidad costera encaramada en lo alto de la costa de East Anglia, un librero de treinta y tres años llamado Julian Lawndsley salió por la puerta lateral de su flamante establecimiento y, ciñéndose a la garganta el cuello de terciopelo de un abrigo negro que le quedaba de su vida en la City, a la que había renunciado dos meses antes, echó a andar a paso ligero por el desolado paseo marítimo de la playa de guijarros, en busca del único establecimiento que daba de desayunar en esa tristona época del año.

No iba muy contento, ni consigo mismo ni con el mundo en general. La noche anterior, tras haberse pasado unas cuantas horas haciendo inventario, él solo, subió por la escalera que llevaba de la tienda a su nuevo piso recién rehabilitado y se encontró sin electricidad ni agua corriente. El constructor tenía puesto el contestador automático del teléfono. En vez de meterse en un hotel —suponiendo que hubiera sido posible encontrar habitación libre en esa época del año—, encendió cuatro velas, descorchó una botella de tinto, se sirvió una buena copa, amontonó mantas encima de la cama, se metió debajo y se sumió en las cuentas de la librería.

No le dijeron nada que no supiera. Su impulsiva fuga del todo vale por ser el mejor había desembocado en una miserable puesta en marcha. Y lo que no le decían las cuentas se lo decía él mismo: no estaba equipado para la soledad de la soltería; las clamorosas voces de su pasado reciente no las sofocaba la distancia, y su carencia de la formación literaria indispensable para ser un librero de primera clase no podía repararse en un par de meses.

El único café era un tenderete de tablones de madera encajado tras una hilera de cabinas playeras eduardianas, bajo un cielo atestado de aves marinas aulladoras. Había visto el local durante sus carreras matutinas, pero nunca se le había pasado por la cabeza entrar en él. Un letrero luminoso verde averiado pestañeaba con la palabra *helados* sin la ese final. Abrió la puerta con esfuerzo, sosteniéndola contra el viento, entró en el local y cerró de nuevo.

—¡Buenos días, cariño! —le gritó una potente voz femenina desde donde debía de estar la cocina—. ¡Siéntate donde quieras! Enseguida voy, ¿okey?

—Pues tenga usted también muy buenos días —dijo él, sin mucha seguridad, como respuesta.

Bajo las luces fluorescentes se extendía una docena de mesas vacías, con manteles de plástico de cuadros. Escogió una y de la piña de vinagreras y botellas de salsas varias extrajo con mucho cuidado el menú. El parloteo de un locutor de noticias del extranjero llegaba por la puerta de la cocina, que estaba abierta. Un golpe y un pesado arrastrar de pies a su espalda lo informaron de la llegada de un nuevo cliente. Observando el espejo de la pared, lo divirtió, no sin que el hecho despertara su cautela, reconocer la ilustre persona del señor Edward Avon, su inoportuno aunque simpático cliente de la tarde anterior, que por cierto no había comprado nada.

Aún no le había visto la cara —Avon, con sus maneras de movimiento perpetuo, estaba demasiado ocupado colgando su Homburg de ala ancha y ajustando su chorreante trinchera impermeable en el respaldo de una silla—, pero no cabía duda de que era él: una mecha rebelde de pelo blanco o la inesperada delicadeza de sus dedos cuando, en un ademán desafiante, extrajo de las profundidades de la trinchera un ejemplar del *Guardian* y lo desplegó encima de la mesa que tenía delante.

El día anterior, a última hora de la tarde, faltan cinco minutos para cerrar. La tienda está vacía. Así ha estado durante casi todo el día. Julian se encuentra ante la caja registradora, contando la escasa recaudación de la jornada. Lleva minutos percibiendo la presencia de una figura solitaria, con sombrero Homburg y una trinchera, armada con un paraguas plegado, en la acera de enfrente. Tras seis semanas de gestionar un negocio estancado, se ha hecho muy sensible a la gente que se queda plantada delante de la librería y acaba no entrando: la cosa empieza a ponerlo de los nervios.

¿Será que ese señor no aprueba la pintura verde guisante de la tienda? ¿Será un viejo habitante del pueblo a quien no le gustan los colores estridentes? ¿Será la abundancia de buenos libros en el escaparate, serán las ofertas especiales al alcance de todos los bolsillos? ¿O será Bella, la becaria de Julian, una eslovaca de veinte años que ocupa con frecuencia el escaparate de la librería, al acecho de alguno de sus diversos intereses amorosos? No. Bella, por una vez, está a buen recaudo en el almacén, empaquetando libros no vendidos para devolverlos a las editoriales. Y ahora —oh, milagro entre todos los milagros—, ese hombre está de veras cruzando la calle, se ha quitado el sombrero, se abre la puerta de la tienda y un rostro de sesenta y tantos años mira directamente a Julian bajo un mechón de pelo blanco.

—Están cerrados —lo informa con voz firme—. Ya han cerrado ustedes, insisto, y será mejor que vuelva en otro momento.

Pero ya ha cruzado el umbral un zapato marrón lleno de barro, y el otro le va a la zaga, seguidos ambos por el paraguas.

—No, no, no estamos cerrados, de ningún modo —le asegura Julian, tan amable como el recién llegado—. Técnicamente cerramos a las cinco y media, pero somos flexibles, o sea que haga el favor de entrar y tomarse todo el tiempo que necesite.

Tras ello, el librero sigue con sus cuentas, mientras el desconocido inserta con mucho cuidado su paraguas en el paragüero victoriano y cuelga su Homburg en el sombrerero victoriano, pagando así sus respetos al estilo retro del establecimiento, elegido para atraer a los grupos de más edad que tanto abundan en la localidad.

—¿Busca usted algo en concreto o solo quiere echar un vistazo? —le pregunta Julian, ajustando a la máxima potencia la iluminación del local. Pero su cliente apenas oye la pregunta. Su rostro, ancho, rasurado, con la expresividad propia de un actor, está encendido de maravillada sorpresa.

—No tenía la menor idea —afirma, abarcando en un amplio ademán del brazo la fuente de su entusiasmo—. Ya iba siendo hora de que esta localidad pudiese presumir de librería. No salgo de mi asombro, qué quiere que le diga. Total asombro.

Una vez aclarada su postura, emprende una reverencial inspección de las estanterías —ficción, no ficción, interés local, viajes, clásicos, religión, arte, poesía—, haciendo de vez en cuando una pausa para atrapar un ejemplar y someterlo a una especie de test bibliófilo: cubierta, solapa, calidad del papel, encuadernación, peso y facilidad de uso.

—Qué cosa —exclama ahora.

¿Es enteramente inglesa la voz? Es rica, interesante y atractiva. Pero ¿no hay acaso una ligera resonancia extranjera en la cadencia?

—¿A qué se refiere? —le replica Julian desde su minúsculo despacho, donde repasa los emails del día. El extraño vuelve a empezar, en un tono distinto, de más confianza.

—Verá usted. Estoy dando por supuesto que hay alguien nuevo a cargo de este establecimiento tan magnífico. ¿Tengo razón o estoy dejándome llevar por mi imaginación?

—Sí, hay alguien nuevo a cargo. —Sin moverse de su despacho, por la puerta abierta. Y sí, otra vez: hay una resonancia extranjera.

—¿Propietario nuevo, también, si me permite preguntarlo?

—Se le permite, y la respuesta es rotundamente sí —acepta Julian de manera jovial, volviendo a posicionarse junto a la caja registradora.

—De modo que usted es... Perdone. —Vuelve a empezar, severamente, en un tono más militar—. Vamos a ver, ¿no será usted el propio joven marinero, por casualidad, necesito saberlo? ¿O su segundo de a bordo? Su sustituto. Lo que sea. —Y luego, llegando porque sí, pero no sin algo de razón, a la conclusión de que tanta insistencia en las preguntas ha podido ofender a Julian—: No es nada personal, en absoluto, se lo aseguro. Lo que quiero decir es que, ya que su antecesor le puso El Viejo

Marinero* a este emporio, usted, señor, que es más joven, y, como sucesor suyo, enormemente más aceptable...

En este punto, ambos se pierden en un típico galimatías inglés, hasta que todo encaja como es debido, tras confesar Julian que sí, que en efecto él es gestor y dueño de la librería, y el extraño dice:

—¿Le molestaría a usted mucho que me apoderara de una?

Y atrapa hábilmente con sus largos dedos afilados una tarjeta de presentación de las que hay en un estuche y la sitúa bajo la luz para escudriñar la evidencia con sus propios ojos.

—De manera que estoy hablando, corríjame si me equivoco, con el señor J. J. Lawndsley en persona, propietario único y encargado de Los Buenos Libros de Lawndsley —concluye, bajando el brazo con teatral lentitud—. ¿Realidad o ficción? —añade, dándose la vuelta para observar la respuesta de Julian.

—Realidad —responde Julian.

—¿Y la primera jota, si puede uno atreverse a preguntarlo?

—Puede uno. Es por Julian.

—Gran emperador romano, Juliano. ¿Y la segunda jota, llevando aún más lejos la osadía?

---

* Referencia a un muy famoso poema de Coleridge, «The Rime of the Ancient Mariner». *(N. del t.)*

—Jeremy.

—¿No al contrario?

—Nunca jamás.

—¿Alguien le llama Jota Jota?

—Personalmente, recomiendo Julian, a secas.

El extraño reflexiona juntando las cejas, que son prominentes y rojizas, con chispas blancas.

—De manera, señor mío, que es usted Julian Lawndsley, no un retrato suyo ni su sombra, y yo, por mis pecados, soy Edward Avon, como el río. Puede que muchas personas me llamen Ted, o Teddy, pero mis colegas me llaman Edward, sin más. ¿Cómo está usted, Julian? —Y le tiende la mano por encima del mostrador, un apretón sorprendentemente fuerte, a pesar de la finura de sus dedos.

—Bueno, pues hola, Edward —replica Julian con naturalidad y, retirando la mano tan pronto como le es posible sin ofender, queda a la espera mientras Edward Avon monta el número de estar deliberando qué hacer a continuación.

—¿Me permite, Julian, decir algo personal y potencialmente ofensivo?

—Con tal que no sea demasiado personal —replica Julian sin entusiasmo, pero con similar ligereza.

—¿Le molestaría muchísimo que, con todos los respetos, le hiciera una recomendación absolutamente fútil, relativa a su muy impresionante fondo nuevo?

—Puede usted hacerme todas las recomendaciones

que quiera —replica Julian sin poner pegas, mientras la nube de peligro va retirándose.

—Es un juicio totalmente personal, mero reflejo de mi propia consideración del asunto. ¿Queda esto claro?

Por supuesto que sí.

—Seguiré adelante, pues. Estoy en el convencimiento de que ninguna librería local de este magnífico condado, o de cualquier otro condado, ya que estamos, debe considerarse completa sin *Los anillos de Saturno* de Sebald. Pero ya noto que no conoce usted a Sebald.

¿En qué se nota?, se pregunta Julian, sin dejar de admitir que el nombre no le suena, menos aún si tenemos en cuenta que Edward Avon lo ha pronunciado a la alemana, *Sebald*, no *Sibold*, a la inglesa.

—*Los anillos de Saturno*, se lo advierto de antemano, no es una guía turística, como podríamos pensar, por el título. Estoy pasándome un poco de grandílocuo. ¿Me perdona usted?

Lo perdona.

—*Los anillos de Saturno* es un juego de manos literario de primer orden. *Los anillos de Saturno* es un viaje espiritual que se inicia en las marchas de East Anglia y abarca en su totalidad el legado cultural de Europa, incluida la muerte. Sebald, W. G. —pronunciándolo esta vez a la inglesa y dando tiempo a que Julian tome nota—. Antiguo profesor de Literatura Europea en nuestra Universidad de East Anglia, igual de depresivo que los mejores de entre nosotros, ya fallecido, por desgracia. Lloremos por Sebald.

—Lloraré por Sebald —promete Julian, que sigue escribiendo.

—Me he excedido con mi visita, señor mío. No he comprado nada. Soy un desastre y estoy asombrado. Buenas noches, señor mío. Buenas noches, Julian. Le deseo la mejor de las suertes en este nuevo empeño suyo... Pero ¡un momento! ¿Estoy viendo un sótano?

Los ojos de Edward Avon se han fijado en la bajada de una escalera de caracol escondida en el rincón más alejado de la sección de rebajas por liquidación, y parcialmente oculta tras un biombo victoriano.

—Vacío, me temo —dice Julian, volviendo a sus cuentas del día.

—Pero vacío, ¿con qué propósito, Julian, en una librería? En una librería no debe haber huecos vacíos, qué duda cabe.

—Aún me lo estoy pensando, de hecho. Tal vez una sección de segunda mano. Ya veremos. —Está empezando a cansarse.

—¿Puedo mirar? —insiste Edward Avon—. Es por pura y desvergonzada curiosidad. ¿Me da su permiso?

¿Qué puede hacer Julian sino dárselo?

—El interruptor está a la izquierda, nada más bajar. Tenga cuidado con la escalera.

Con una agilidad que sorprende a Julian, Edward Avon desaparece por la escalera de caracol. Julian escucha, espera, no oye nada y empieza a desconcertarse. ¿Por qué le he permitido que baje? El hombre está como una chota.

Con tanta agilidad como desapareció, Avon reaparece.

—Magnífico —afirma con reverencia—. Un recinto de placeres futuros. Lo felicito sin reservas. Buenas noches otra vez.

—¿Puedo preguntarle a qué se dedica usted? —le lanza Julian cuando ya ha iniciado la marcha hacia la salida.

—¿Yo, señor mío?

—Usted, señor. ¿Es usted escritor? ¿Artista? ¿Periodista? Profesor. Yo debería saberlo, claro, pero es que soy nuevo aquí.

La pregunta parece plantearle tantas dudas a Edward Avon como al propio Julian.

—Bueno —contesta, habiéndoselo pensado mucho, al parecer—. Digamos que soy un británico mestizo, ya retirado, antiguo profesor sin grandes méritos y uno de esos tipos raros que hay en la vida. ¿Le vale así?

—Tendrá que valerme, supongo.

—Hasta muy pronto, pues —declara Edward Avon, lanzándole una melancólica mirada desde la puerta.

—Lo mismo digo —le responde Julian jovialmente.

Tras lo cual, Edward Avon-como-el-río se encasqueta el sombrero Homburg, lo ladea y, paraguas en mano, se engolfa valientemente en la noche. No sin que Julian se haya visto sometido al denso aroma de los vapores alcohólicos en su aliento de despedida.

—¿Ya pensado qué comes hoy, cariño? —le preguntaba la propietaria a Julian, con el mismo acento de Europa central, muy marcado, con que lo había recibido al entrar.

Pero antes de que contestara fue la rica voz de Edward Avon la que resonó sobre el estruendo del viento marino y los crujidos y chirridos de las endebles paredes del café.

—Muy buenos días tenga usted, Julian. Deduzco que ha podido descansar bien en medio de todo el lío, ¿verdad? Le sugiero que pida una tortilla extragrande de las que hace Adrianna. Le salen buenísimas.

—Ah, bien. Gracias —replicó Julian, que seguía sin decidirse del todo a llamarlo Edward—. La probaré. —Y luego, dirigiéndose a la corpulenta camarera que tenía a su espalda—: Con una tostada de pan integral y una tetera, por favor.

—¿Quieres esponjosa, como Edvard?

—Vale, esponjosa. —Y a Avon, con resignación—: ¿O sea que este es su bebedero preferido?

—En caso de urgencia. Adrianna es uno de los secretos mejor guardados de nuestra pequeña localidad, ¿verdad, cariño mío?

La insistente voz, a pesar de sus florituras verbales, le pareció algo devaluada a Julian esa mañana, como al fin y al cabo era lógico, a juzgar por el aliento de la tarde anterior.

Adrianna volvió a desplegarse en la cocina, muy contenta. Se implantó una tregua incómoda, mientras gemía el viento marítimo y el tugurio aquel se tambaleaba bajo sus embates, y Edward Avon se estudiaba su *Guardian*, mientras Julian tenía que contentarse con mirar cómo golpeaba la lluvia el cristal de la ventana.

—¿Julian?

—¿Sí, Edward?

—Una coincidencia muy rara, la verdad. Yo fui amigo de su llorado padre.

Tras ello vino otro chaparrón.

—¿Sí? Qué cosa tan fuera de lo corriente —dijo Julian, más inglés que nunca.

—Sufrimos prisión en el mismo desastre de colegio privado. Henry Kenneth Lawndsley. A quien sus amigos del colegio llamaban cariñosamente el Gran H. K.

—Él solía decir que los tiempos del colegio habían sido los más felices de su existencia —concedió Julian, no muy convencido.

—Y sí, desgraciadamente, si pasáramos revista a la vida de ese pobre hombre, podríamos llegar a la conclusión de que estaba diciendo la pura verdad.

Y a continuación nada, salvo el estruendo del viento, otra vez, y el parloteo extranjero de la radio en la cocina. Y a Julian le sobrevino la urgente necesidad de regresar a la librería vacía, aunque todavía no fuese el sitio que le correspondía en este mundo.

—Sí, supongo que a esa conclusión cabría llegar —confirmó escuetamente, y tuvo la alegría de comprobar que Adrianna se acercaba con la tortilla esponjosa y su tetera.

—¿Le molestaría que me sentara con usted?

Le molestase o no, el caso era que Avon ya se había puesto en pie, con el café en la mano, dejando a Julian sin saber de qué sorprenderse más: la evidente familiaridad de aquel hombre con la desafortunada vida de su padre, o sus ojos inyectados en sangre hundidos en las cuencas, las mejillas agrietadas por las líneas de dolor y cubiertas de un rastro de barba plateada. Si era la resaca del día anterior, aquel hombre se había agarrado la peor cogorza de su vida.

—O sea que ¿nunca le mencionó a usted mi nombre, su querido padre? —le preguntó, una vez sentado, inclinándose hacia delante e interpelando a Julian con sus macilentos ojos pardos—. ¿Avon? ¿Teddy Avon?

Nada que Julian recordase. Lo sentía.

—¿El Club de los Patricios? ¿No le habló de los Patricios?

—Sí, sí me habló de los Patricios —exclamó Julian, dando ya por resueltas, para bien o para mal, las últimas dudas que le quedaban—. El club de debates que nunca fue. Creado por mi padre y prohibido en mitad de la primera sesión. Estuvo a punto de costarle la expulsión. Según cuenta él, o según fue —añadió cautelosamente, porque su padre, cuando hablaba de sí mismo, no siempre era digno de todo crédito.

—H. K. era el presidente del club, y yo el vicepresidente. También estuvieron a punto de expulsarme a mí. Y ojalá lo hubieran hecho. —Sorbo de café solo frío—.

32

Anarquistas, bolcheviques, trotskistas: en cuanto salía una doctrina que sacaba de quicio a las instituciones, nosotros nos apresurábamos a abrazarla.

—Sí, así es como él lo contaba, también —reconoció Julian, y luego ambos quedaron a la espera de que fuese el otro quien jugara la carta siguiente.

—Y después, sorpresa: su padre dio el paso y se fue a Oxford —recordó Avon, finalmente, con un estremecimiento teatral, una bajada de tono de su ya desactivada voz y un histriónico alzamiento hasta el cielo de las pobladas cejas, para enseguida mirar de reojo a Julian en un intento de captar su reacción—, donde cayó en manos... —Colocando su mano en el antebrazo de Julian, en solidaridad—. Aunque puede que usted tenga inclinaciones religiosas, Julian.

—No, no las tengo —dijo Julian con énfasis y con el enfado en alza.

—¿Puedo seguir, entonces?

Julian lo hizo por él:

—Donde mi padre cayó en manos de un grupo de evangélicos renacidos financiados por Estados Unidos, unos individuos de pelo corto y corbatas elegantes, que se lo llevaron a lo alto de una montaña suiza y lo convirtieron en un cristiano de esos que escupen fuego. ¿No es eso lo que quería decir usted?

—Quizá no de un modo tan rotundo, pero desde luego no podría haberlo expresado mejor. Y ¿de veras que no tiene usted inclinaciones religiosas?

33

—De veras.

—Pues entonces tiene usted a su alcance los cimientos de la sabiduría. Ahí estaba, en Oxford, el pobre hombre, «feliz como una perdiz», como me dijo en una carta, con toda la vida por delante, y chicas a porrillo... Sí, eran su debilidad, y ¿por qué no? Y al final del segundo curso...

—Lo captaron, ¿no? —cortó Julian—. Y diez años después de haberse ordenado en la santa Iglesia anglicana, renegó de su fe desde el púlpito, en domingo, delante de todos sus feligreses: Yo, el reverendo H. K. Lawndsley, sacerdote con las Santas Órdenes, ante ustedes declaro que Dios no existe, amén. ¿Es eso lo que iba usted a decir?

¿Iba Edward Avon a proponer que cambiasen de tema, que repasasen la prolífica vida sexual y demás disipaciones de su padre que tanto aireó la prensa sensacionalista de la época? ¿Pretendía entrar a fondo en los pútridos detalles de cómo la otrora orgullosa familia Lawndsley fue expulsada de su vicaría y se vio de patitas en la calle sin un penique? ¿Y de cómo el propio Julian, como consecuencia de la muerte prematura de su padre, tuvo que sepultar sus esperanzas de entrar en la universidad y meterse a corredor de una casa comercial de la City, propiedad de un tío lejano, para pagar las deudas de su padre y dar de comer a su madre? Porque, si tal era el caso, Julian cogería la puerta en menos de diez segundos.

Pero la expresión de Edward Avon, alejada de toda curiosidad morbosa, era una auténtica máscara de afectuosa solidaridad.

—¿Y estuvo usted presente, Julian?

—¿A qué se refiere?

—¿Estaba usted en la iglesia ese domingo?

—Pues sí, estaba. Y usted, ¿dónde estaba?

—Lo único que yo quería era estar a su lado. Tan pronto como leí lo que le había ocurrido, algo tarde, desgraciadamente, le escribí con timbre de urgencia, ofreciéndole toda la inadecuada ayuda que me fue posible. Una mano amiga, todo mi dinero.

Julian se tomó un tiempo para someter esto último a consideración.

—Así que le escribió —repitió, en tono de interrogatorio, como si le estuvieran volviendo las matizadas dudas iniciales—. Y ¿recibió usted respuesta?

—Recibí la respuesta que merecía, es decir, ninguna. La última vez que nos vimos su padre y yo, lo llamé Santísimo Imbécil. No pude tomarme a mal que rechazara mi ofrecimiento. No tenemos derecho a insultar la fe de otra persona, por absurda que sea. ¿No le parece?

—Probablemente.

—Ni que decir tiene que cuando H. K. renunció a su fe me sentí lleno de orgullo por él. Como lo estoy ahora, vicariamente, me atrevo a afirmarlo, por usted, Julian.

—¿Que está usted qué? —soltó Julian, riéndose a carcajadas, a su pesar—. ¿Porque soy hijo de H. K. y he abierto una librería?

Pero Edward Avon no le vio la gracia.

—Porque, al igual que su querido padre, ha encontrado usted el valor de desertar: él de Dios y usted, de Mammón.

—¿Qué quiere decir con eso?

—Tengo entendido que le iba a usted muy bien como corredor de Bolsa en la City.

—¿Quién se lo ha contado? —preguntó Julian, sin conceder nada.

—Anoche, al salir de su librería, convencí a Celia de que me permitiera utilizar su ordenador. Todo se me reveló de inmediato, para mi enorme tristeza. Su pobre padre, muerto a los cincuenta, un hijo, Julian Jeremy.

—¿Celia es su mujer?

—Celia, la de Las Cosas Antiguas de Celia, la tienda de antigüedades de la calle principal, centro de reunión de nuestra sobrecrecida población de londinenses domingueros.

—¿Para qué fue usted a husmear en la tienda de Celia? ¿Por qué no me lo comentó en la librería?

—No estaba seguro, como le habría pasado a usted. Esperaba acertar, pero tenía mis dudas.

—También estaba usted un tanto achispado, me pareció a mí.

Avon no dio la impresión de haber oído esto último.

—De entrada, me llamó la atención el nombre. Estaba perfectamente al corriente del escándalo. Pero ignoraba cómo había terminado, y también que su pobre padre hubiera muerto. Si era usted hijo de H. K., tenía que haber sufrido muchísimo.

—¿Y mi supuesta deserción de la City? —preguntó Julian, negándose a tranquilizarse.

—Celia mencionó, de pasada, que había usted abandonado un lucrativo medio de vida en la City sin previo aviso, algo que la tenía desconcertada.

Llegados a este punto, a Julian le habría encantado retomar el tema menor de cómo Edward Avon le había ofrecido toda clase de ayudas a su padre en ese momento de necesidad, pero la intención de Avon era muy otra. Se había recobrado de un modo notable. Había una nueva intensidad en sus ojos. Su voz poseía otra vez toda su florida riqueza.

—Julian. En nombre de su querido padre. Y dado que la Providencia nos ha hecho coincidir dos veces en el espacio de unas horas. Algo relativo a su hermoso y amplio sótano. ¿Ha pensado usted en los tesoros que podría cobijar, el milagro que podría ser?

—Pues no, la verdad, no creo haber hecho nada de eso, Edward —contestó Julian—. ¿Usted, sí?

—Apenas he pensado en otra cosa desde que nos conocimos.

—Me alegra oírlo —dijo Julian, no sin escepticismo.

—Supongamos que usted creara, en ese espléndido reducto, virgen aún, algo tan poco intentado, tan atractivo y tan original que se convirtiera en tema de conversación para todos los clientes de la zona que sepan leer y escribir, o puedan aprender.

—Supongamos.

—No una mera sección de libros de segunda mano. No un arbitrario depósito de libros sin personalidad, sino un santuario inteligentemente elegido para las mentes más desafiantes de nuestra época... y de todas las épocas. Un lugar en el que un hombre o una mujer pueden entrar desde la calle ignorándolo todo y salir aumentados, enriquecidos, y pidiendo más. ¿Por qué sonríe usted?

Un lugar donde un tipo que se acaba de autoproclamar librero, para enseguida darse cuenta de que semejante vocación requiere insólitas habilidades y talentos, pueda adquirirlos sin culpa, sin que nadie se entere, dando al mismo tiempo la impresión de que son suyos, de que se los está suministrando de su propio acervo al agradecido público.

Pero, mientras le pasaba por la cabeza este indigno pensamiento, Julian empezaba por su cuenta a creer en la idea. Aunque aún no estaba dispuesto a reconocérselo a Edward Avon.

—Me ha recordado usted el modo de hablar de mi padre, por un momento. Perdone. Prosiga.

—No solo grandes novelistas, eso es evidente. También filósofos, librepensadores, fundadores de grandes movimientos, incluidos algunos que puedan parecernos detestables. Elegidos no por la mano cadavérica de la vigente burocracia cultural, sino por Los Buenos Libros de Lawndsley. Y llamado...

—Llamado ¿qué, por ejemplo? —preguntó Julian, desequilibrado.

Avon hizo una pausa, para despertar aún más las expectativas de su público.

—Lo llamaremos la República de las Letras —proclamó, y se recostó en su silla con los brazos cruzados, mirando de hito en hito a su interlocutor.

Y la verdad era que —a pesar de que Julian estuviera empezando a pensar que ese era el truco de ventas más sobredimensionado al que jamás lo habían sometido, algo que jugaba con sospechoso acierto con su sentido de déficit cultural, por no mencionar la indignante prepotencia de ese hombre de cuya buena fe seguía dudando estruendosamente— la enorme visión de Edward Avon le hablaba directa al corazón, al motivo de su presencia allí.

¿República de las Letras?

Lo compró.

Le sonaba muy bien.

Tenía clase, pero también un atractivo universal. Vale.

Y podría haber ofrecido una respuesta más alentadora, pero sus reflejos de la City le hicieron responder: «Suena bien. Tendré que pensármelo». No obstante, Edward Avon ya se había puesto en pie, recogiendo su sombrero Homburg, su trinchera y su paraguas, camino del mostrador, donde ahora se hallaba sumido en profunda conversación con la abundante Adrianna.

Pero ¿en qué idioma hablaban?

A Julian le sonaba igual que el del locutor de la radio de la cocina. Edward lo hablaba; Adrianna se reía y le contestaba. Edward, muy animado, fue riendo con ella hasta la puerta. Luego se volvió hacia Julian y le brindó una última sonrisa exhausta.

—Estoy en baja forma en este momento. Espero que me perdone. Ha sido estupendo conocer al hijo de H. K. Extraordinario.

—No lo había notado. Me ha parecido usted en plena forma, de hecho. Me refiero a la República de las Letras. Estaba pensando que quizá pudiera usted pasarse por la librería y darme algún que otro consejo.

—¿Yo?

—¿Por qué no?

Alguien que conoce a Sebald, que es profesor de algo, que ama los libros y dispone de tiempo... ¿Por qué no?

—Voy a abrir un café en la planta de arriba del local —siguió Julian, persuasivamente—. Con algo de suerte, estará todo listo la semana que viene. Venga a echar un vistazo y hablamos un poco.

—Mi querido amigo, qué generoso ofrecimiento. Pondré el máximo empeño en ello.

Con alas de pelo blanco saliéndosele del Homburg, Edward Avon volvió a meterse en la tormenta, mientras Julian se dirigía a la caja.

—¿No gustado tortilla, cariño?

—Me ha encantado. Pero no he podido con todo. Dígame una cosa, por favor. ¿En qué idioma estaban ustedes hablando hace un momento?

—¿Con Edvard?

—Sí, con Edward.

—Polaco, cariño mío. Edvard es un polaco de los buenos. ¿No sabías?

No. No lo sabía.

—Pues sí. Él muy triste ahora. Mujer enferma. Morirá pronto. ¿No sabías?

—Soy nuevo aquí —explicó él.

—Mi Kiril enfermero. Trabaja Hospital General de Ipswich. Él me dice. Ella ya no habla a Edvard. Lo ha echado.

—¿Su mujer lo ha echado?

—Mejor quiere morir sola. Gente hace eso. Quieren morirse, ir al cielo, a lo mejor.

—¿Su mujer es polaca?

—No, cariño. —Una buena carcajada—. Ella señora inglesa. —Colocándose un dedo extendido debajo de la nariz para indicar superioridad—. ¿Doy tu vuelta?

—Está bien así. Quédesela. Gracias. Muy buena la tortilla.

A salvo ya en su tienda, Julian experimenta una fuerte reacción. Ha conocido unos cuantos estafadores en su vida, pero a Edward, si lo era, había que considerarlo un fuera de serie. ¿Era concebible, incluso, que hubiera estado merodeando bajo el aguacero, a las ocho de la mañana —por si Julian salía de la librería—, para luego seguirlo hasta el café de Adrianna con la expresa intención de camelárselo? ¿Era Avon, tal vez, la silueta encogida bajo un paraguas que Julian había atisbado en un portal?

Pero ¿cuál podía ser su propósito?

Y si lo peor que buscaba Avon solo fuese compañía, ¿no estaba Julian en el deber de proporcionársela a ese antiguo compañero de colegio de su padre, y más aún si era cierto que su agonizante mujer lo había apartado de su lado?

Y el argumento decisivo: ¿cómo podía Edward Avon, o nadie, haber sabido que a Julian le habían cortado el agua y la electricidad?

Avergonzado de estos indignos pensamientos, Julian se redime sermoneando por teléfono a una sucesión de comerciales errantes; luego abre el ordenador y visita la web del colegio privado de su difunto padre, en el oeste del país, actualmente inmerso en una investigación por abuso infantil.

Así confirma que un Avon, Ted (*sic*) consta en los archivos como «becario incorporado con retraso» en sexto curso. Permanencia: un año.

A continuación emprende una sucesión de búsquedas fallidas, empezando por «Edward Avon» a secas, luego «Edward Avon profesor», luego «Edvard Avon hablante de polaco». No encuentra ninguna coincidencia válida.

En el anuario telefónico local no aparece ningún Avon de ninguna clase. Prueba con un servicio de localización en línea: teléfono oculto.

A mediodía se presentan los trabajadores, sin avisar, y se quedan hasta media tarde. Se restablecen los servicios normales. A última hora, hojeando los pedidos pendientes de libros raros o de segunda mano que ha dejado su predecesor, tropieza con una tarjeta doblada marcada Avon, sin inicial, ni dirección, ni número.

Avon, hombre o mujer, está interesado o interesada en cualquier ejemplar en buen estado cuyo autor sea un tal Chomsky, N. Vete tú a saber: algún paisano suyo polaco poco conocido, se dice Julian, despreciativamente, y está a punto de tirar la tarjeta cuando se contiene y hace una búsqueda de «Chomsky, N.».

Noam Chomsky, autor de más de cien libros. Filósofo analítico, científico cognitivo, lógico, activista público, crítico del capitalismo de Estado y de la política exterior de Estados Unidos, encarcelado en repetidas ocasiones. Se le considera el intelectual más importante del mundo y es el padre de la lingüística moderna.

Escarmentado, se mete en la cama tras su habitual cena a solas en la cocina resucitada y descubre que es incapaz de pensar en cualquier tema que no sea Edward o Edvard Avon. Es consciente de que hasta el momento ha tropezado con dos versiones incompatibles del mismo hombre. Se pregunta cuántas más habrá.

Cuando por fin concilia el sueño, especula con la posibilidad de haber descubierto en su interior la secreta necesidad de una figura paterna. Decide que con una ya le había valido, gracias.

3

Era el gran día, el día señalado, el día que Stewart Proctor y su mujer, Ellen, llevaban todo el mes esperando: el vigésimo primer cumpleaños de sus mellizos, Jack y Katie, que, gracias a la Providencia divina, caía en sábado. Tres generaciones de Proctor, empezando por el tío Ben, de ochenta y siete años, y terminando por Timothy, el sobrino de tres meses, convergían en la casa de Stewart y Ellen —amplia, sensata, recoleta— y su terreno de las colinas del Berkshire.

La familia Proctor nunca habría recurrido al término *clase alta* para describirse. Incluso *buena posición* les ponía los pelos de punta. Y *cualificada* era igual de malo que *élite*. La familia era liberal, inglesa del sur, progresista, devota del esfuerzo y blanca. Tenía principios y asumía compromisos. Estaba integrada en todos los niveles de la sociedad. Su dinero estaba en fideicomisos y no se mencionaba. En cuanto a la educación, sus miembros más brillantes iban a Winchester, los segundos más brillantes a Marlborough y alguno que otro, de aquí y de allá, cuando así lo decretaban la necesidad o los principios, asistían a colegios públicos. Cuando se avecinaba alguna votación, no había entre ellos votantes de los Conservadores. O, si los había, ponían especial cuidado en no decirlo.

Haciendo recuento, los Proctor contaban actualmente entre sus miembros a dos sabios jueces, dos consejeros de la reina, tres médicos, un jefe de redacción de periódico formato sábana, ningún político, gracias a Dios, y una buena cosecha de espías. Un tío de Stewart había sido encargado de visados en Lisboa durante la guerra, y ya se sabe lo que ello significa. Durante los primeros días de la guerra fría, la manzana podrida de la familia reclutó un desastroso ejército rebelde en Albania y le dieron una medalla por ello.

En cuanto a sus mujeres, en ese tiempo apenas había una Proctor que no estuviera enclaustrada en Bletchley Park o Wormwood Scrubs. Como todas las familias de este tipo, las Proctor sabían desde la cuna que el sanctasanctórum espiritual de la clase dirigente británica eran sus servicios secretos. Saberlo les otorgaba un extra de solidaridad, aunque nunca se mencionara de modo explícito.

Tratándose de Stewart, había que ser muy torpe para preguntar lo que hacía. O por qué, a los cincuenta y cinco años, tras pasarse un cuarto de siglo en el Foreign Office de Londres o en una sucesión de cargos diplomáticos, no era embajador en alguna parte, o subsecretario permanente de algún ministerio, o sir Stewart.

Se sabía, no obstante.

Esta, pues, era la familia reunida aquel soleado sábado de primavera, bebiendo Pimm's y prosecco y jugando a tonterías y celebrando el doble cumpleaños de los mellizos. Ambos —Jack, en tercer curso de Biología, y Kate, en tercer curso de Literatura Inglesa— se las habían apañado para escabullirse de sus respectivas universidades, y a última hora del viernes ya estaban en la cocina ayudando a su madre, Ellen, a adobar alitas de pollo, preparar costillas de cordero, traer carbón y bolsas de hielo; ocupándose además de que su madre tuviera en todo momento un gin-tonic al alcance de la mano, porque no era que fuese alcohólica, pero juraba ser incapaz de cocinar sin tener preparado algo fuerte que beber.

Lo único que había quedado por cortar, por orden de Stewart, era el césped del campo de cróquet, en espera de que él regresara de Londres en el tren de Paddington de las 19.20. Pero, con las últimas luces del día, Jack tomó la decisión ejecutiva de cortarlo él mismo, porque había lío en el cotarro, como le gustaba decir a la familia, y Stewart tendría que pasar la noche en el piso de Dolphin Square antes de coger el expreso del gorrión tempranero —otro término familiar— a la mañana siguiente.

De manera que había un poco de tensión, por si al final lograría venir o se vería retenido en Londres por los líos del cotarro hasta que —¡por fin!—, prontito, a las nueve de la mañana del sábado, llegara el viejo Volvo verde resoplando por la cuesta que sube desde la estación de

Hungerford, con un Stewart sin afeitar pero muy sonriente, saludando con una mano y con la otra en el volante, como los pilotos de competición, mientras Ellen le preparaba una bañera en el piso de arriba y Katie gritaba «¡Mamá, mamá, que ya está aquí!» y se precipitaba a hacer beicon con huevos, y su madre le contestaba «¡Déjalo respirar al pobre hombre, por Dios!», porque era irlandesa de antigua estirpe, y más cuando había una crisis feliz que celebrar.

Y ahora, por fin, todo ocurría en tiempo real: música de rock sonando como un vendaval por el repetidor que Jack había subido desde el salón; baile en la terraza junto a la espartana piscina —los Proctor no calientan sus piscinas—, jugar a la petanca en el viejo arenero de los mellizos, al cróquet infantil a seis bandas, y Jack y Katie y sus amigos de la universidad dando muestras de su eficacia con la barbacoa, y Ellen, tras sus tareas, pausada y hermosa con su vestido largo y su rebeca, y un sombrero flojo de paja sobre su famosa cabellera caoba, tendida en una tumbona como una viuda rica, y Stewart haciendo furtivos viajes a su madriguera de la trascocina de la parte trasera de la casa, a hablar por su teléfono verde ultraseguro, pero sin dejar de escoger sus palabras y usando tan pocas como le era posible; para reaparecer cinco minutos más tarde como el mismo anfitrión de costumbre —atento, discreto, simpático— que todos conocían; a quien nunca faltaba una palabra para la anciana tía, o el vecino nuevo; a quien nunca se le pasaba por alto el vaso de Pimm's que requería reposición urgente, ni la presencia de una botella vacía de prosecco con la que alguien estaba a punto de tropezar.

Y, cuando cae el relente, cuando solo quedan los familiares cercanos y sus parejas, es Stewart quien, después de otra rápida visita a la vieja trascocina, se sienta al Bechstein de la sala para su tradicional interpretación cumpleañera de la *Hippopotamus Song* de Flanders & Swann, y, como bis, la exhortación de Noël Coward a la señora Worthington —«De rodillas estoy, señora Worthington, por favor, señora Worthington»—, para que no ponga a su hija en el escenario.

Y los jóvenes cantan, y el dulce aroma de la marihuana penetra misteriosamente en el aire, y al principio Stewart y Ellen fingen no darse cuenta, para enseguida descubrir que ambos están muy cansados, y con un «Ya es hora de que los viejos nos vayamos a la cama, ¿nos perdonáis?», suben a su dormitorio.

—Pero ¿qué diablos pasa, Stewart, haces el favor de decírmelo? —Ellen plantea la pregunta con amabilidad, con su rápido acento irlandés, dirigiéndose al espejo de su tocador—. Has estado como sobre ascuas desde tu regreso a casa esta mañana.

—Eso no es cierto ni por lo más remoto —protesta Proctor—. He sido el alma de la fiesta. En mi vida he cantado mejor. Media hora de charleta con tu querida tía Meghan. Una paliza a Jack jugando al cróquet. ¿Qué más quieres?

Con estudiada deliberación, Ellen se quita los pendientes de diamantes, desenroscando primero el perno de detrás de cada lóbulo, para luego meterlos en su estuche forrado de satén, y guardar el estuche en el cajón izquierdo de su tocador.

—Y estás sobre ascuas ahora mismo, mírate. Ni siquiera te has desvestido.

—Me va a llegar una llamada a las once por el teléfono verde, y de ninguna manera pienso pasearme por la casa en bata y zapatillas delante de los jóvenes. Me hace sentirme como un anciano de noventa años.

—Entonces ¿vamos a saltar todos por los aires? ¿Es una de esas otra vez? —le pregunta Ellen.

—Lo más probable es que no sea nada. Ya me conoces. Me pagan por preocuparme.

—Bueno, pues no te quepa duda, espero que te estén pagando muchísimo, Stewart. Porque no te he visto así de mal desde aquella vez en Buenos Aires.

Buenos Aires, donde fue segundo jefe de oficina en vísperas de la guerra de las Falkland, con Ellen como número dos encubierto.

Ellen, exalumna del Trinity College de Dublín, también es antigua miembro del Servicio, lo cual, en cuanto a Proctor y a la mitad del Servicio se refiere, es la única clase de pareja que se puede tener.

—No vamos a ir otra vez a la guerra, si eso es lo que

52

esperas —dice siguiendo con la charla, por llamarla de alguna manera.

Ellen ofrece una mejilla al espejo, aplica limpiador en ella.

—¿Tienes entre manos otro caso de seguridad interna?

—Sí.

—¿Puedes contármelo, o es uno de esos otros?

—Es uno de esos otros, lo siento.

La otra mejilla.

—Y ¿no será una mujer la que te ocupa? Tienes toda la pinta de que es una mujer, eso lo nota cualquiera.

Tras veinticinco años de matrimonio, a Proctor no dejan de maravillarlo los bandazos psíquicos de Ellen.

—Pues ya que lo preguntas, sí, es una mujer.

—¿Tiene algo que ver con el Servicio?

—Paso.

—¿Ha trabajado en el Servicio?

—Paso.

—¿Es alguien a quien conozcamos?

—Paso.

—¿Te has acostado con ella?

Nunca, en todos sus años de matrimonio, le ha hecho Ellen una pregunta así. ¿Por qué esa noche? ¿Y por qué precisamente una semana antes de embarcarse en una gira por Turquía que llevaba mucho tiempo planeando, bajo los auspicios de su ridículamente guapo y joven tutor de Arqueología de la Universidad de Reading?

53

—No, que yo recuerde —replica con ligereza—. Según se dice, la dama en cuestión solo se acuesta con los Once Titulares.

Barato y demasiado cercano a la verdad. No debería haberlo dicho. Ellen se suelta el incomparable pelo caoba y lo deja caer sobre sus hombros desnudos, como llevan haciendo las mujeres desde el principio de los tiempos.

—Pues ojalá te andes con cuidado, Stewart —le aconseja a su reflejo—. ¿Vas a tomar el gorrión tempranero mañana?

—Tiene pinta de que no me queda otro remedio.

—A lo mejor les digo a los chicos que es un encuentro Cobra. Les dará un buen toque.

—Pero no es un Cobra. Por el amor de Dios, Ellen —protesta Proctor, inútilmente.

Ellen detecta una imperfección debajo de un ojo, le da unos toques con un algodoncillo.

—Y espero que no vayas a pasarte la noche entera merodeando por la vieja trascocina, ¿verdad, Stewart? Porque para una mujer eso es tirar la vida por la ventana. Y para un hombre.

Con expresiones de júbilo resonando en todos los pasillos, Proctor recorre la casa hasta llegar a la vieja trascocina. El teléfono verde reposa en un pedestal rojo, como un buzón de correos. Hace cinco años, cuando lo instalaron, Ellen tuvo el capricho de colocarle un pañito encima, para mantenerlo caliente. Allí lleva desde entonces.

4

La semana siguiente al doble encuentro de Julian con Edward Avon no carece de distracciones.

El vecino de al lado presenta un taimado proyecto de obra que amenaza con privar al almacén de su única fuente de luz natural.

Una noche, al regresar de una conferencia de bibliotecarios locales, no se encuentra con Bella, sino con la tienda cerrada, y luego, en la caja, con una floreada tarjeta de agradecimiento en que la chica declara su amor eterno por un pescador holandés.

Y al preciosísimo sótano, ya claramente establecido en la mente de Julian como futura sede de la República de las Letras, le diagnostican un creciente problema de humedades.

No obstante, a pesar de todos estos desastres, Julian no deja de pensar en las muchas caras del amigo del colegio de su difunto padre. Son demasiadas las veces en que le parece ver la sombra con trinchera de Edward pasando por delante del escaparate sin girar el sombrero

Homburg. Pero ¿por qué no entra a parlotear un poco, el desgraciado ese? No tienes que comprar nada, Edward, Edvard, o como te llames.

Cuanto más piensa en el magno plan de Edward, más se le mete en la cabeza. Pero ¿sigue sonándole bien el nombre? ¿No será demasiado pretencioso, a fin de cuentas? ¿Tendría más gancho la República de los Grandes Lectores, o la República de los Lectores, o incluso la República de los Lectores de Lawndsley? O ¿qué tal si le damos otra vuelta y la llamamos sencillamente la República Literaria?

Sin decírselo a nadie —ya que no tenía a Edward para contárselo—, Julian hace un viaje ex profeso hasta la imprenta de Ipswich y les pide que tiren unas cuantas pruebas de anuncio a página completa en el periodicucho local. El primer título de Edward sigue siendo el mejor.

Nada de eso le impide, en modo alguno, en sus momentos bajos, poner a Edward a caldo por sus entrometidas teorías sobre su padre y sobre él.

¿Desertar de la City? Y un huevo. Fui un depredador plenamente consciente desde el primer día, sin conato de fe. Llegué, robé, conquisté, me fui. Fin de la historia.

Volviendo a mi llorado padre: es posible —solo posible— que H. K. fuera una especie de desertor religioso. Cuando te has tirado a la mitad de las beatas de tu parroquia, cabe la posibilidad de que rompas por completo tus relaciones con Dios.

Y ¿cómo interpretar esa cariñosa oferta de amistad,

dinero y lo que fuese que Edward Avon dice haberle hecho a su viejo amigo H. K., en su hora de infortunio? Lo único que se le ocurre a Julian es: La próxima vez que nos veamos, demuéstramelo.

Porque se pueden decir otras muchas cosas del reverendo H. K. Lawndsley (retirado por lesión, como pasa a veces en el críquet), pero en lo referente a amontonar porquerías inútiles era un auténtico campeón. Nada era suficientemente humilde como para ocultárselo a sus futuros e inexistentes biógrafos: ningún apunte para un sermón, ninguna factura impagada o carta —ya fuera de una amante descartada, de un marido indignado, de un comercial, de un obispo— escapaban de su red ególatra.

Y oculta aquí y allá en la montaña de escoria, sí: la rara carta de algún amigo que había logrado conservar. Y una o dos de ellas ofrecían algún tipo de ayuda. Pero de su viejo amigo de la escuela, Edward, Edvard, Ted o Teddy, ni conato.

Y es en parte esta incongruencia, combinada con su gran impaciencia por poner en marcha la República de las Letras, una vez reparadas las crecientes humedades, lo que empuja a Julian a dejar de lado todos los escrúpulos y ponerse en contacto con su colega de vendimia en el viñedo de la calle principal, la señorita Celia Merridew, de Las Cosas Antiguas de Celia, con el pretexto de discutir la resurrección del difunto festival de las artes de la localidad.

Celia lo esperaba en el umbral, con los pies separados, y con sesenta años cumplidos, como mínimo, fumándose un purito bajo los improbables rayos del sol. Para vestir había elegido un kimono verde loro y naranja, con cadenas de abalorios brillantes adornándole el amplio busto, con el cabello alheñado y anudado en un moño sujeto con varillas japonesas.

—Ni un penique, mi joven Julian —le advirtió de entrada, jovialmente, cuando se le acercaba. Y cuando él le respondió que solo buscaba su apoyo moral—: Primer paso en falso, cariño mío. La moral no vale un pimiento. Pasa al salón y nos tomamos una ginebrita.

En la puerta delantera de cristal, un aviso escrito a mano decía: GATOS – ESTERILIZACIÓN GRATUITA. El salón era una habitación trasera corriente y maloliente, con el mobiliario destartalado, relojes llenos de polvo y búhos disecados. De un frigorífico vetusto extrajo una tetera de plata con la etiqueta del precio colgándole del asa y escanció un mejunje de ginebra en dos vasos anchos victorianos. Su objeto odiado del día era el nuevo supermercado.

—Acabarán contigo y acabarán conmigo —predijo en sus ricos gruñidos del Lancashire—. Es lo único que les importa a esos cabrones: hacernos cerrar a todos los comerciantes honrados. En cuanto se den cuenta de que te van más o menos bien las cosas, montarán una sección de libros tamaño industrial y no pararán hasta vaciarte de clientes la librería. Bueno, venga, hablemos de tu festival. Dicen que los abejorros, tal como son, no deberían ser capaces de volar. Lo que nadie dice es que los muertos vuelen.

Julian hizo su exposición, que ya tenía bien ensayada. Había pensado crear un grupo informal de trabajo, para explorar las opciones, dijo. ¿Le haría Celia el honor de participar?

—Quiero conmigo a Bernard, para que me coja de la manita —advirtió.

Bernard, su cónyuge: horticultor, francmasón, agente inmobiliario a tiempo parcial y presidente del comité de planificación del ayuntamiento. Julian le aseguró que la presencia de Bernard sería una auténtica bendición.

Charleta sin orden ni concierto mientras ella le toma la medida y él se lo permite. ¿Qué tal lo de Jones, el de la verdulería, que se presenta a alcalde cuando le ha puesto piso a la dama de sus amores y la única que no lo sabe es su mujer? ¿Y esas casas asequibles que están haciendo detrás de la iglesia: quién va a poder comprarse una cuando terminen de sacar tajada los agentes inmobiliarios y los abogados?

—O sea fuiste a un colegio privado, ¿verdad, cariño mío? —le preguntó Celia, mirándolo de arriba abajo con sus ojitos de buena catadora—. A Eton, imagino, igual que el gobierno.

No, Celia. Público.

—Pues hablas muy fino, desde luego. Igual que mi Bernard. Y supongo que también tendrás una novia estupenda, ¿no? —añadió, prosiguiendo con su descarada valoración de Julian.

No en este momento, Celia, no. Digamos que estoy en período de descanso.

—Pero las chicas son lo que más te gusta en este mundo, digámoslo así.

Pues sí, definitivamente, lo que más le gustaba en el mundo, reconoció, pero, aun así, puso especial énfasis en no sonar demasiado entusiasta mientras ella se inclinaba sugerentemente hacia delante para reponerle la ginebra.

—Eso sí, han llegado a mis oídos un par de cosas que te conciernen, mi joven señor Lawndsley. Más de lo que estoy dejando ver, si te soy sincera, y me gusta serlo. Eras un corredor de Bolsa tremendo. De los mejores en ese campo, me han dicho. Y con más amigos que enemigos, lo cual, según me dicen, es algo totalmente insólito en la City, donde todo el mundo va a degüello. ¿No es lo que se acostumbra, cariño mío, o mejor no hablo mal de los muertos? —siguió cascabeleando, con una pícara subidita de la falda larga, un cruce de piernas y un sorbito de ginebra.

Lo cual dio ocasión a Julian, tras un par de maniobras de despiste, para sacar como por casualidad el divertido tema de ese cliente suyo tan raro que se le presentó en la librería a la hora de cerrar, con un par de copas encima, pasó completa revista al establecimiento y tuvo de charla a Julian durante media hora, para luego

no comprar ni un solo libro, aunque al final resultó ser...
No tuvo que seguir:

—¡Ese es mi Teddy, cariño! —exclamó Celia, haciéndose la indignada—. Pintiparado. Se me presentó directamente aquí, a buscarlo todo en el ordenador, Dios lo bendiga. Ah, pero cuando se enteró de que tu padre había muerto, con lo liado que está él ya... Ayayay, ayayay —añadió, moviendo la cabeza en lo que Julian tomó por referencia combinada a su difunto padre y a la muy enferma esposa de Edward.

»Pobrecito mío, Teddy, pobrecito mío —prosiguió ella mientras sus ojos, pequeños y brillantes, volvían a inspeccionar a Julian. Y sin apenas pausa—: No tuviste ningún trato con él, ¿verdad, cariño mío, mientras estabas de jefazo en la City? —inquirió con rebuscada inocencia—. Ni directo ni indirecto, ¿podríamos decir? De igual a igual, como creo que dicen por allí.

—¿Tratos? ¿En la City? ¿Con Edward Avon? Lo vi por primera vez la otra noche, y luego me lo encontré por casualidad mientras desayunaba. —Entonces le vino una idea desagradable—: ¿Por qué? ¿Estás sugiriéndome que tenga cuidado con él?

Ignorando la pregunta, Celia siguió escudriñándolo con ojos astutos:

—Lo que pasa es que es muy amigo mío, Edward Avon, ¿comprendes, cariño? —dijo, dando a entender algo más—. Un amigo muy especial.

—No quiero saberlo, Celia —opuso Julian rápidamente, aunque solo consiguió que ella volviera a ignorarlo.

—Más especial de lo que puedas pensar. Esto no lo sabe mucha gente, aparte de mi Bernard, claro. —Reflexivo sorbo de ginebra mientras continuaba escudriñándolo—. Solo que no me importa que lo sepas, ¿comprendes?, con esos contactos tan impresionantes que tienes en la City no creo que te dediques mucho al chismorreo. Incluso podría hacerte partícipe de algo, más adelante. Y no es que ya no tengas suficiente, por lo que me dicen. ¿Puedo, viene a cuento?

—¿Confiar en mí?

—Te lo pregunto.

—Bueno, eso es algo que tienes que valorar tú misma, Celia —dijo Julian recatadamente, ya convencido de que a ella nada la detendría.

Era muy largo de contar, le aseguró Celia a Julian: diez años atrás, Teddy cruzó por primera vez esa puerta, una mañana de sol, con una bolsa llena de papel tisú, de la que extrajo un cuenco de porcelana china que colocó sobre el mostrador; luego quiso saber en cuánto lo valoraría Celia mirándolo con buenos ojos.

—¿Precio de compra o precio de venta?, le pregunté, porque, mira, no lo conocía de nada. Entra, me dice hola, soy Teddy, como si fuera mi mejor amigo, y el caso es que no lo había visto en mi vida. O sea que me está usted pidiendo, le digo, una valoración gratuita, y no es así como me gano yo la vida, o sea que será el cero y medio por ciento de lo que le diga que vale. Venga ya, Celia, no sea usted así, me dice. Deme una cifra aproximada. Si quiere que se lo compre, le doy diez libras, le digo, y estoy siendo generosa. Pongamos diez mil y es suyo, me dice él. Luego me enseña la valoración de Sotheby's. Ocho mil. Pero yo no sabía quién era él, ¿verdad? Podía estar tomándome el pelo. Y luego ese acentillo extranjero. Y además no tengo pajolera idea de todo eso de la porcelana Ming blanquiazul. Cualquiera se habría dado cuenta, con solo verme desde la acera, por el escaparate. En todo caso, ¿quién es usted?, le pregunto. Avon, Edward Avon. Ah, le digo. ¿No será usted el Avon que está casado con Deborah Garton, ahí en Silverview? El mismo, dice, pero llámame Teddy. Porque él es así.

Julian necesitaba orientarse:

—¿Silverview, Celia?

La casa oscura de la otra punta de la localidad, cariño mío. En mitad de la cuesta de la torre del agua, un jardín precioso, o que era precioso. Se llamaba Los Arces en tiempos del coronel, hasta que la heredó Deborah. Ahora se llama Silverview, no me preguntes por qué.

Julian le preguntó que quién era el coronel, haciendo un considerable esfuerzo por imaginar a Edward en ese entorno que tan poco le pegaba.

El padre de Deborah, cariño mío. Benefactor del pueblo, coleccionista de arte, fundador y patrón de la biblioteca municipal, con las manos muy largas. A mi Bernard lo tenía contratado para el suministro y mantenimiento del jardín. Todavía se pasa por casa de Deborah de vez en cuando.

Y fue el coronel quien le legó toda su encantadora porcelana china blanquiazul, prosiguió Celia con un suspiro de desaliento. Una colección verdaderamente grande, insistió; lástima que *porcelana* no rime con *cuernos*.

—Es decir, que cuando Teddy vino a verte ese día lo que pretendía era colocarte de extranjis algún miembro de la familia Ming —sugirió Julian, logrando solamente que Celia abriese la boca y volviera a cerrarla horrorizada.

—¿Teddy? ¿Birlándole parte de la herencia a su mujer? Nunca habría hecho una cosa así, cariño mío. Es honrado a carta cabal, Teddy, y no toleres que nadie te diga lo contrario.

Pertinentemente amonestado, Julian quedó a la espera de corrección.

No. A lo que Teddy deseaba dedicar su retiro, dijo Celia, recurriendo a lo que había logrado ahorrar durante todos sus años de dar clase fuera, en sitios donde tú y yo no querríamos poner un pie nunca, ni muertos, a lo que deseaba dedicar su retiro, porque Deborah andaba por ahí en sus QUANGO* o lo que fuese que se trajera

* Los QUANGO *(Quasi Autonomous Non Governmental Organisations)* son organismos públicos dotados de cierta autonomía ante el

entre manos, era a mejorar la calidad de la gran colección del coronel, hasta llevarla al tope de lo máximo, ya fuera mediante permutas o mediante adquisiciones.

—Además, quería que su Celia le hiciese de intermediaria, de *scout*, de encargada de compras y de representante sobre una base altamente privada y confidencial que nunca se daría a conocer, con una comisión base anual de dos mil libras, dinero en mano, por las molestias, más un porcentaje pactado sobre los resultados del año, al contado o en especie, sin necesidad de llamar la atención de Hacienda, no habrá usted pensado otra cosa. Bueno, ¿qué te parece?

—¿Todo eso en una breve visita a tu establecimiento? —exclamó Julian, recordando para sí lo increíblemente deprisa que Edward se había convertido en potencial cofundador y consultor de la República de las Letras, todo ello en el espacio de una tortilla de queso.

—Tres, cariño mío —corrigió ella—. Una esa misma tarde y otra a la mañana siguiente: llegó con dos mil libras en billetes de diez dentro de un sobre, los traía preparados para el momento en que yo dijera sí, y hay un pellizco para mí cada vez que hace un trato; la cantidad la decide él. Algo a lo que no puedo oponerme, porque de todas formas lo haría por su cuenta a la chita callando.

---

gobierno, en ocasiones también ante el Parlamento, que actúan en ámbitos de especial trascendencia económica, política o social y que desempeñan funciones reguladoras. (*N. del t.*)

—¿Y tú qué le dijiste?

—Le dije que tendría que consultarlo con mi Bernard. Luego le dije algo que debería haberle dicho antes, si lo hubiera conocido mejor: Pero ¿por qué diablos acudes a mí? ¿Porque en las tiendas de golosinas no venden porcelana china blanquiazul de primera calidad?, le dije. Ni la compran, añadí. Además está el hecho de que hoy en día todo se nos vuelve ordenadores e eBay, y yo no tengo ordenador, ni la menor idea de cómo funcionan esos cacharros. Bernard y yo somos luditas, y muy orgullosos de serlo, le dije. Todo el pueblo sabe que somos luditas. No le importó nada. Sabía que eso iba a surgir, dijo, lo tenía todo previsto en la cabeza. Celia, cariño, me dice, tú no tienes que mover un dedo, solo tienes que ser tú. Yo estaré ahí a cada paso que demos. Compraré un ordenador. Yo lo instalaré y yo lo manejaré. Yo localizaré las piezas que comprar y las piezas con las que hacer trueque. Yo estudiaré los precios de las subastas. Lo único que te pido, dijo, es que hables por mí cuando haga falta, porque a mí me gusta permanecer en la sombra, y en eso va a consistir mi retiro.

Celia frunció los labios y bebió un sorbo de ginebra y dio una calada a su purito.

—¿E hicisteis todo eso, los dos solos? —preguntó Julian, algo desconcertado—. Lleváis diez años en ello, o no sé cuántos has dicho. Teddy comercia, tú coges tu anticipo y tu comisión.

El desconcierto de Julian se vio aumentado por el hecho de que el estado de ánimo de Celia se había oscurecido dramáticamente.

Durante diez largos años, ya desde el primer día, todo había ido de fábula. El ordenador llegó a su debido tiempo y se le adjudicó su pequeña guarida: Allí, cariño mío, en el escritorio arqueado, a metro y medio de donde estás ahora. Edward se pasaba por aquí cuando le parecía bien, no todos los días, ni mucho menos, ni siquiera todas las semanas, a veces. Ocupaba esa silla, con todos sus catálogos y sus publicaciones profesionales, y le daba a la tecla y se tomaba una ginebrita y Celia contestaba al teléfono y daba la cara por él.

Y todos los meses, pasara lo que pasara, había un sobre para ella, y ella ni siquiera contaba el dinero, tan grande era la confianza que se tenían. Y si Edward estaba fuera, por negocios, como a veces ocurría, el mismo sobre le llegaba a Celia por correo certificado, casi siempre con una notita diciéndole lo mucho que echaba de menos sus bellos ojos o cualquier cosa igual de tonta, porque Teddy siempre supo cómo vencer cualquier resistencia, y de joven tuvo que ser terrorífico.

—¿Fuera para qué clase de negocios, Celia?

—Internacionales, cariño mío. Enseñanza y cosas así. Edward es un intelectual —respondió ella con cierta arrogancia.

Otro suspiro, un púdico toque en el escote, no fuera que le estuviese dando ideas a Julian por equivocación, y se acercó a ese momento que puso fin a diez años de paraíso.

Sábado noche, hace una semana. Las once, suena el teléfono. Celia y Bernard están con los pies en alto, viendo la tele. Celia descuelga. La voz de Deborah Avon tiene tanto del Lancashire como del inglés de la reina:

—¿Es usted Celia Merridew, por alguna afortunada coincidencia? Sí, Deborah —le digo—, aquí Celia. Bueno, pues es nuestro deseo comunicarle que Edward y yo hemos decidido desprendernos de nuestra colección de porcelana blanquiazul de la China. ¿Desprenderse, Deborah? ¿No se referirá usted a esa colección suya tan importante...? Sí, Celia, a eso es justo a lo que me refiero. La queremos fuera de nuestra casa, preferiblemente mañana, como muy tarde. Muy bien, Deborah —le digo—. Y ¿dónde se supone que vamos a ponerla? Porque no se coge una colección tan importantísima y se instala en la primera pared vieja que tengamos a mano, ¿verdad? Bueno, Celia, en vista de que ha hecho usted una pequeña fortuna gracias a Edward a lo largo de todos estos años, y teniendo en cuenta que, según Edward, dispone usted de mucho espacio, ¿por qué no la instala en la exposición?

»En la exposición te la puedes instalar tú, pensé, pero no se lo dije, por el pobre Teddy. A las cuatro de la tarde siguiente se nos concede audiencia en Los Arces, perdón, Silverview. Bernard va con sus cajones y sus virutas; yo llevo plástico de burbujas y tisú. Teddy nos espera en la puerta, blanco como el papel, y su dama está arriba, en su saloncito, con su música clásica puesta a tope.

Celia hizo una pausa, pero no larga:

—Bien. Sé que está enferma. Y lo siento. No digo que sea el mejor matrimonio de todos los tiempos, porque no lo es, pero lo que ella tiene no se lo desearía a mi peor enemigo. La casa entera huele a eso. No sabe uno qué es lo que huele, pero sí.

Julian tomó nota de esa sensación, mientras Celia se consolaba con un sorbito de ginebra.

—O sea que le digo a Teddy, bajito: ¿De qué va todo esto, Teddy? No va de nada, Celia, me dice él. Deborah y yo, en vista de su trágica enfermedad, hemos decidido no seguir negociando y eso es todo. Bueno, pues son más de las doce de la noche cuando Bernard y yo estamos aquí de vuelta, en la tienda, y yo no hago más que pensar en el seguro, con la cantidad de rumanos y búlgaros que merodean por los campos. Bernard trae mantas y las amontona en el suelo. Yo me acuesto en el diván victoriano de ahí. A mediodía viene a verme Teddy. En principio, nunca es partidario del teléfono. Nuestros contactos se ocuparán directamente del transporte, Celia. Deborah organizará una venta privada a su debido tiempo, a lo cual tiene todo el derecho. Así que hazme el favor de decirme lo que te debo por la recogida y el seguro. Teddy, le digo, a mí no es el dinero lo que me importa, en absoluto. Pero dime qué pasa. Ya te lo he dicho, Celia: he-

71

mos decidido no seguir negociando, y no hay más que decir.

¿Había terminado? Eso parecía, y ahora ella esperaba que Julian dijese algo.

—Y Bernard, ¿qué es lo que dice? —preguntó él.

—Que Deborah necesita el dinero para pagar a los médicos. Y yo digo que sí, que puñetas. Tiene el dinero de su padre, su servicio médico privado, y quién sabe qué más de sus QUANGO. Además, con su colección importante le sobraría para comprarse media Harley Street —comentó Celia despectivamente, aplastando el purito en el cenicero—. A ver qué me dices tú, Julian, con lo listo que eres. Porque si eres un señor tan brillante como me dicen que eres, y en vista de que nuestro Teddy y tu difunto padre fueron amigos en el colegio, y de que Teddy no quiere saber nada de su examiga íntima Celia, debido a la desafortunada enfermedad de su esposa... Y añadiendo que yo tengo demasiada delicadeza para molestarlo a esta hora... Lo mismo te llega a ti alguna información suelta. —Ahora estaba muy indignada: se le notaba en el rubor de la cara y en el tono de voz—. Ya sea del propio Teddy, ya de alguno de tus muchos amigos y admiradoras de la City. Algo sobre la venta de cierta colección única de cierta porcelana china blanquiazul de primera calidad. Puede que se la haya quedado alguno de esos millonarios chinos de que tanto habla la prensa. O alguna de tus mafias de la City. Yo lo único que digo —*in crescendo*, ahora— es que no he recibido un pajolero penique de la venta, o sea que te agradeceré mucho que estés atento a lo que llegue a tus oídos, mi joven señor Julian, y sabré demostrarte mi agradecimiento como se agradecen los favores en los negocios, ya me entiendes. Celia *la Blanquiazul*, me llamaban en la profesión. Ahora ya no me lo llamarán, ¿verdad? Nunca más. ¡Joder! Tiene que ser Simon, que viene a comprarme oro.

Una cacofonía de cencerros suizos acababa de anunciar la llegada de Simon. Con sorprendente agilidad, Celia se puso en pie de un salto, se ajustó a las caderas los pliegues del kimono y se retocó las varillas japonesas del pelo alheñado.

—¿Te importaría pasarte a la trasera, cariño mío? No me gusta mezclar asuntos —dijo, y se puso en marcha en dirección a la tienda.

5

Mientras sus hijos disfrutaban, o no disfrutaban, de la imagen ficticia que Ellen les transmitía de su padre encerrado en una mazmorra de Whitehall, en conferencia con los maestros del universo secreto, el verdadero Stewart estaba instalado en un vagón de clase económica del más lento de los trenes dominicales, que, entre grandes crujidos y ruidos diversos, hacía alto en el andén de una de las estaciones ferroviarias más remotas de East Anglia. A primera vista, más bien parecía la persona de ayer que la de hoy, y esa era seguramente su intención: un traje de ejecutivo, no el más nuevo, zapatos negros, camisa azul, corbata indeterminada. Un notable de la localidad, podría pensar quien lo viera; un funcionario del ayuntamiento, tomándose con alegría un poco de trabajo extra en domingo.

Y, como otras personas del vagón, iba leyendo mensajes en el móvil. Todos eran *en clair*:

Hola, pa! Puedo usar Vv el finde cuando mamá no está? Jack

Mamá: NO EXCAVES CERCA DE LA FRONTERA SIRIA!!! Díselo, papá!!! Tq, Katie 😊

Y de su ayudante Antonia, la noche anterior a las once y media: Investigación global confirma inexistencia de segmento histórico independiente registrado, A.

Y de su segundo de a bordo: Stewart, por el amor de Dios, no espantes la liebre. B.

En la otra punta de la explanada había un camión de la Royal Air Force con marcas blancas en el capó. El cabo conductor, sentado al volante, observaba la aproximación de Proctor.

—¿Nombre?

—Pearson.

El cabo comprobó la lista.

—¿Para ver a...?

—Todd.

El cabo sacó la mano por la ventanilla. Proctor le tendió una asendereada tarjeta plastificada. El cabo meneó la cabeza, extrajo la tarjeta de su envoltorio, la insertó en una cavidad de su salpicadero, esperó a que saliera y se la devolvió a Proctor.

—¿Tiene idea de a qué hora volverá?

—No.

Sentado al lado del conductor, Proctor miraba deslizarse a toda prisa las llanuras. Se acercaba el Día del Perro, la exhibición canina de Suffolk. Al borde de la carretera, un regimiento de carteles se lo decía, pero no pudo fijarse en la fecha. Media hora más tarde, una flecha estarcida indicaba un camino de cemento con hierba en el centro. Ante ellos se alzaba un portentoso arco, como la entrada de algún estudio hollywoodiense en sus días de esplendor. Un Spitfire muy repintado, sujeto con pilotes, lo sobrevolaba eternamente. Proctor se apeó. Centinelas en mono de batalla acunaban sus rifles automáticos como bebés con pañales. Por encima de él, las banderas de Reino Unido, Estados Unidos y la OTAN colgaban fláccidas al sol de media mañana.

—¿Sabe a qué hora va a volver?

—Ya me lo ha preguntado. No.

En el interior de un puesto de control con sacos terreros y misteriosas serpentinas colgando del techo, una sargento mayor comprobó su identidad en una lista sujeta a un portapapeles de clip.

—Y es usted un visitante de una sola vez, contratista civil, solo de acceso británico, categoría tres —le dijo—. ¿Todo conforme, señor Pearson?

Todo conforme.

—Y ¿es usted consciente, señor Pearson, de que durante su permanencia en la base debe estar en todo momento acompañado de un miembro autorizado del personal? —le advirtió, mirándolo a los ojos, como le habían enseñado.

Circulando a velocidad de entierro en el asiento trasero de un jeep, por un mar de césped recién cortado, con la sargento mayor y un cabo distinto en la parte delantera, Proctor piensa en todo menos en el carácter delicado de su misión. Piensa en el críquet de su colegio privado, en té dulce con bollería en el pabellón. Piensa en Ellen flotando por la cocina con su delantal, esperando a ver si alguien quiere desayunar. Dentro de una semana se marchará a su gran misión arqueológica. Exactamente, ¿cuánto tiempo llevaba abrazando con pasión la antigua Bizancio? Respuesta: desde el día en que empezó a colocar su ropa para el viaje sobre la cama de la habitación que había enfrente de la que ambos compartían. Piensa en su hijo, Jack, se dice que ojalá el chico se interesara un poco más en la política y algo menos en meterse en la City. Piensa en Katie, su hija, y su camiseta azul de rugby. ¿Le habría contado lo del aborto? ¿Por qué iba a contárselo, si él no era el causante? Y a partir de ahí pasa de nuevo a la imagen acusadora de la pobre Lily bajando la escalera con su cochecito a rastras, bajo el chaparrón.

Los ladridos estrepitosos de los reactores lo devolvieron violentamente al tiempo presente. A continuación vinieron los bramidos de un cuerno de caza y la voz de una mujer texana zureando nombres por la megafonía. El especialista Enrico Gonzalez había obtenido premio en la lotería. Aplauso enlatado. El jeep bordeó una Disneyland militar de hangares deslumbrantemente pintados y bombarderos negros, y luego bajó por una loma cubierta de hierba hacia un apiñamiento de casas verdes dispuestas en círculo y señaladas con banderas azules. Las banderas adquirieron redondeles, las casas un perímetro alambrado. La sargento mayor lo precedió a paso ligero, con su portapapeles, por un camino con hileras de tulipanes ceremoniales hasta un bungalow con porche. El suelo de madera rojiza estaba tan pulido que reflejaba las suelas de sus zapatos al andar. En una puerta poco sólida un letrero rezaba: OFICIAL DE SERVICIO – ENLACE GB – LLAME ANTES DE ENTRAR. Un hombre bien proporcionado, de la edad de Proctor, o mayor, estaba sentado a su mesa de despacho leyendo un expediente.

—El señor Pearson viene a verlo, señor Todd —le anunció la sargento mayor, pero Todd tenía que firmar con su nombre antes de dejarse descubrir.

—Hola, señor Pearson —dijo, levantándose de su mesa y tendiéndole a Proctor una mano de compromiso—. No nos hemos visto antes, ¿verdad? Todo un detalle por su parte, venir en domingo. Espero que no le hayamos echado a perder el fin de semana. Gracias, sargento mayor.

Se cerró la puerta, los pasos de la sargento mayor se alejaron por el corredor. Todd permaneció junto a la ventana hasta que la mujer estuvo a distancia segura, más allá de los tulipanes.

—¿Podrías decirme qué demonios piensas que estás haciendo aquí, Stewart? —dijo—. ¿Colarte de polizón en mi base? Por el amor de Dios, que yo vivo aquí.

Y, al no recibir otra respuesta que una tácita señal de asentimiento:

—¿Cómo voy a explicártelo cuando suene ese teléfono y sea mi amigo Hank, desde el otro lado de la pista, diciéndome: «Hola, Todd, creo que tienes ahí contigo a Proctor. ¿Por qué no te lo traes a la cantina y echamos un trago?». ¿Qué contesto a eso, puedes decírmelo?

—Lo lamento tanto como tú, Todd. Supongo que los de la Oficina Central esperaban que siendo domingo estaría todo el mundo por ahí jugando al golf.

—¡Aunque así fuera! Tenemos gente de la Agencia, y bien sabe Dios que andan todo el día recorriendo el terreno de arriba abajo. Bueno, no todo el día, pero mucho tiempo. Tú eres Proctor, el Doctor, por Dios. Jefe de Seguridad Interna. Jefe de los Cazabrujas. Te conocen. ¿Qué pasa si uno de ellos te identifica? Un follón enorme, de nunca acabar, eso es lo que ocurriría, y todo entero para mí. Siéntate, tómate un puñetero café. Por los clavos de Cristo.

Y, tras pedir por el interfono de encima de su mesa dos cafés rapiditos, por favor, Ben, se dejó caer en una silla sujetándose la frente con los dedos, angustiado.

Si el Servicio aún se compadecía de su gente, algo que Proctor ponía en duda, pocos hombres habría que merecieran más su compasión. Si recompensaba la lealtad, ese Todd tan fatalmente apuesto, que había servido con inquebrantable lealtad en los peores destinos que el Servicio podía ofrecer, capturando de paso dos medallas al valor y perdiendo dos esposas por el camino, se había ganado sobradamente su recompensa.

—Y ¿todo bien en casa, Todd, espero? —le preguntó en tono afable—. ¿Todos razonablemente saludables y felices y etcétera?

—Todo muy bien, y gracias, Stewart, de primera —contestó Todd, recuperando de inmediato el ánimo—. La Oficina Central me ha concedido otro año, que será mi último, como habrás oído. He puesto un solárium en el salón, que añadirá unas cuantas libras al valor de la casa, si decido venderla. Todavía estoy dándole vueltas. La situación es un poco confusa.

—¿Cómo van las cosas con Janice?

—En contacto, gracias, Stewart. Y buenos amigos. Como seguramente sabes, estoy muy enamorado de ella. Está pensando en volver. No estoy en absoluto seguro de que tenga razón en eso, pero podemos intentarlo. ¿Y Ellen?

—Muy bien, gracias. Acaba de marcharse a Estambul. Y seguro que te mandaría recuerdos. ¿Y los chicos?

—Creciditos ya, claro, ¿no? Les mantengo abiertas sus habitaciones. Dominic anda un poco perdido. La vida de un sitio para otro no le hizo bien. Hay hijos del Servicio a quienes les gusta. A otros, no. Está limpio, o eso me cuenta, aunque no sea exactamente lo que me dicen donde lo desintoxicaron. Ahora le ha dado por la cocina. Siempre quiso ser chef. Yo no tenía ni idea, pero eso es lo que hay. Podría ser lo suyo. Pero lo mismo lo deja en cualquier momento.

—¿Y tu encantadora hija, la que trajiste a la fiesta de Navidad?

—Liz no plantea ningún problema, gracias a Dios. Su pintor parece estar haciendo bastante ruido en el mundo del arte moderno, si te gusta eso. A mí, personalmente, sí.

Pero no sé si alcanza un nivel comercial, eso es harina de otro costal. Yo le paso a Liz lo que me queda cuando las *exes* han retirado su botín, o sea que esperemos que el chico llegue a colocarse antes de que yo me quede sin blanca —dijo Todd, y esa última posibilidad lo hizo sonreír con pena.

—Esperemos, sí —corroboró Proctor cordialmente, mientras les traían por fin el café.

Lanzados por tres kilómetros de pista de aterrizaje vacía en un Cherokee destartalado, a lo que Proctor calculó que habrían sido ciento treinta kilómetros por hora si el velocímetro hubiera funcionado, Todd fue durante unos segundos gloriosos el elegante ilegal del desierto que en otros tiempos había sido.

—¡O sea que es única y exclusivamente un error técnico por lo que estás aquí! —gritó sobre el estrépito—. ¿Lo leo bien?

—¡Lo lees bien! —le gritó Proctor en respuesta.

—No un fallo humano. Técnico. ¿Correcto? Como este dedito.

—Así de pequeño.

—Un pip, según la Oficina Central. Fue el viernes a las 16.00.

—Vale, un pip. No se acusa a nadie. Un pip técnico, únicamente —confirmó Proctor.

—Anoche, a las 21.00, fue un lapsus. ¿Qué es peor? ¿Pip o lapsus, o fallo?

—Ni idea. Es su vocabulario, no el mío.

—Esta mañana, sin ir más lejos, fue una brecha de cinco estrellas. ¿Cómo demonios haces para convertir un pip en brecha, en diez horas, y llamarlo fallo técnico? Una brecha es humana, la mires como la mires, ¿no?

Con ayuda del freno de mano, habían conseguido poner el vehículo en una bien recibida posición de parada. Todd giró la llave, esperaron a que el motor se detuviera. En un silencio tenso, ambos hombres permanecieron ahí sentados, codo con codo.

—Lo que yo digo, coño, Stewart, perdóname, es que ¿cómo puede ser técnica una brecha? —siguió protestando Todd—. Una brecha es alguien. No es la puñetera fibra óptica. No son fugas. Son personas, ¿estás de acuerdo?

Pero Proctor no deseaba que lo interpelase con tanto apasionamiento.

—Todd. Mis órdenes son inspeccionar la fontanería con carácter urgente e informar de cualquier posible mal funcionamiento. Punto.

—Pero es que tú ni siquiera eres técnico, Stewart, por el amor de Dios —se lamentó Todd, mientras ambos bajaban al nivel del asfalto—. Tú eres un sabueso. A eso me refiero.

La sala de conferencias de superficie era un vagón de ferrocarril sin ventanas de doce metros de largo con una pantalla de televisor en un extremo. Las ventanas de imitación estaban decoradas con flores de cera sobre un fondo de cielo azul. Una mesa de conferencias de madera barata con ordenadores en el centro y sillas de pala a los lados ocupaba la sala en toda su extensión.

—Y aquí es donde tu equipo conjunto llevó a cabo su duro trabajo, Todd —sugirió Proctor.

—Sigue haciéndolo, y gracias, cuando hay necesidad; lo cual, hay que admitirlo, no ocurre con frecuencia. Está en la superficie mientras hay luz solar, y baja al Santuario de los Halcones en un pispás en cuanto hay una alarma.

—¿Santuario de los Halcones?

—Nuestro propio infierno nuclear, a cien metros bajo el nivel del suelo. Me dicen que antes había un aviso en la puerta, hasta que alguien lo mangó: AQUÍ SE PIENSA LO IMPENSABLE. No muy divertido, la verdad, pero en confinamiento no puede uno desperdiciar una ocasión de reírse. ¿Quieres hacer el *tour*?

—¿Por qué no?

El *tour* que ofrecía Todd era un relato enlatado, compuesto para el menguante goteo de visitantes de alto rango. Proctor preveía que al cabo de un par de años una bien informada señora del Patrimonio Nacional o del Legado Inglés estaría dando esa misma conferencia, muy censurada, para edificación de los turistas.

La instalación, recitó Todd, databa de la guerra fría, algo que seguramente no sería ninguna sorpresa para Proctor. Se proyectó con un solo propósito: en concreto, almacenar misiles nucleares, lanzar misiles nucleares y, si no había más remedio, recibir el impacto de misiles nucleares, manteniendo la línea de mando y control.

—De ahí las cámaras de almacenaje y un jodido laberinto de túneles en el inframundo. Túneles que enlazan todas las bases de la región, de jefatura de combate a jefatura de bombardeo, a jefatura táctica, a jefatura estratégica, llegando hasta Dios Todopoderoso. Todo supermegasecreto, también para ti y para mí. El chiste local es que los yanquis agujerearon toda East Anglia y nos dejaron la corteza. En origen, los túneles conducían tuberías para cables. Cuando el cable pasó de moda, llegó la fibra, y en eso estamos ahora. Y estaremos hasta que la muerte nos separe, y muchos años más. ¿Vale?

—Vale —admitió Proctor.

—Y de los mencionados túneles de fibra óptica viene nuestro circuito cerrado. Sellado, permanentemente en exclusiva para nosotros. No conectado con el ancho mundo. Nadie lo usa para comprar electrodomésticos en liquidación por derribo ni para responder las angustiosas llamadas de presos españoles, nadie comete la imprudencia de mirar fotos guarras. Ningún niñato de guion, ningún anarquista holandés serán capaces de hackearnos, por vueltas que le den. Físicamente imposible. O sea que ¿de dónde coño se ha sacado la brecha la Oficina Central, si no es una brecha humana...?

Todd se sentó en una de las sillas de pala y permaneció recostado, mirando irónicamente al techo, mientras esperaba la respuesta. Pero lo único que Proctor podía ofrecerle era una sonrisa comprensiva. Él también estaba preguntándose cuánto tendría que durar la charada.

—Pues cuéntame un poco cómo trabajaba tu equipo en la práctica, Todd —sugirió Proctor, muy en serio—. Que sigue trabajando, ya sé, cuando toca.

A una velocidad de locos habían regresado al despacho de Todd para comerse un sándwich club con una Coca-Cola Light.

—Como siempre ha funcionado, que yo sepa —respondió Todd a regañadientes.

—Y ¿cómo era, exactamente?

—Bueno, pues comparado con algo sobre el 11-S o con *Shock and Awe, Desvelando la verdad*, o como se llame, el número funcionaba bastante bien durante todo el día. La base se convirtió en una especie de laboratorio de ideas del Pentágono con añadidos británicos. Había generales de cinco estrellas entrando y saliendo como yoyós. Mandamases de Langley, de la NASA, de Defensa y la brigada de la Casa Blanca. Los que se te ocurran. Y nuestro querido equipo autóctono: tal o cual profesor de Chatham House, tal o cual doctor del Instituto de Estudios Estratégicos, un par de enteradillos de All Souls, o de donde fueran. Y por ahí andaban, pensando lo impensable el día entero. Tipo Strangelove. Planificación de contingencia para el Armagedón. Dónde poner las líneas rojas. A quién bombardear cuándo. Todo un poco por encima de mis responsabilidades, gracias a Dios. Por encima de las suyas seguramente, también.

—Y ¿había asuntos más concretos de los que se ocuparan, en aquellos tiempos? ¿O la cosa no consistía más que en jugar al juego del mundo? —preguntó Proctor.

—Bueno, todavía tenemos dos o tres subcomités regionales, incluso hoy. La Rusia postsoviética tiene el suyo propio. El sureste asiático lo tuvo en tiempos. Oriente Medio sigue para siempre. Hasta cierto punto.

—¿Hasta qué punto?

—Mega, cuando Bush-Blair. Luego nos vino un presidente norteamericano algo más tranquilo y la cosa aflojó. Stewart.

—Sí, Todd.

—Esto va de una brecha tecnológica, ¿verdad? Porque yo no tengo autorización ni para el papelito más pequeño de los que salen de este sitio. No estoy en el circuito mágico, ni quiero estarlo. ¿Es la Oficina Central mirándose el propio culo, o qué?

—Lo que yo pienso es que la atención está muy concentrada en el circuito mágico, Todd —dijo Proctor, decidiendo que ya había llegado el momento.

Estaban en el antro infernal, que los iniciados llamaban Santuario de los Halcones, y los oídos de Proctor acusaban el cambio de altura. La misma mesa de madera barata y las mismas sillas de pala. La misma pantalla de televisión gigante, dormida. La misma fila de ordenadores apagados. La misma y vil iluminación de tubos por encima de las cabezas. Las mismas ventanas de imitación, con flores de cera y cielo azul. Una sensación de barco abandonado, hundiéndose lentamente. Un hedor a decadencia, vejez y aceite.

—Los británicos a este lado, los norteamericanos a este —peroraba Todd—. Los ordenadores están conectados entre sí, en cadena. La cadena es completa *per se*.

—¿Absolutamente ningún enlace exterior, pues?

—Cuando había bases dispersas por toda East Anglia, sí. Cada vez que una de ellas cerraba se extirpaba la conexión. Ahora estás cien metros por debajo de la última base estratégica EE. UU. - GB que queda en activo en las islas británicas, sin contar las operaciones especiales. Para conseguir una brecha técnica, Al Qaeda, o los chinos, o quien tú quieras, tendrían que abrir un tremendo agujero en medio de la pista de ahí arriba y largarse antes de que saliera el sol.

»Y si mañana se diera una alerta, por ejemplo para que el subcomité de la antigua Unión Soviética se pusiera en marcha de inmediato —sugirió Proctor, apuntando tan lejos de su diana como la decencia le permitía—, sería: traed a vuestra gente a la base, amontonadlos a todos aquí abajo y levantad el puente. Y si el profesor Fulano de la Chatham House pierde su tren...

—Mala pata.

—Y si es el Comité para Oriente Medio, que según tú anda un poco más ocupado, lo mismo de lo mismo.

—Exceptuando solamente a Deborah. Circunstancias especiales.

—¿Deborah?

—Debbie Avon. La analista estrella del Servicio para Oriente Medio, joder. Lo era, por lo menos. La conoces. Acudió a ti una vez, me dijo. Me preguntó si tú eras la persona a quien debía acudir cuando tuviera que solucionar un problema de seguridad personal. Le dije que sí.

—¿Has dicho «era», te he oído bien, Todd?

—Está muriéndose. ¿No te lo ha comunicado la Oficina Central? Joder. Si eso no es un fallo tecnológico, que venga Dios y lo vea.

—¿De qué se está muriendo?

—Cáncer. Hace años que lo tiene. Entró en remisión, tuvo una recidiva, ahora es terminal. Me llamó para decirme adiós, y que lo sentía mucho si se había portado mal conmigo alguna vez. Yo le dije que alguna vez no, que todo el rato. Yo gimoteaba y ella era la de siempre. No me puedo creer que no te lo hayan dicho.

Pausa mientras coincidían en que ya era hora de que alguien de Recursos Humanos se pusiera las pilas.

—Luego me dijo que mandara desconectar el enlace a partir de ese momento, porque ya no lo iba a necesitar. O sea, joder.

—Y ¿cuándo fue eso, Todd?

—Hace una semana. Luego volvió a llamarme para comprobar que lo había hecho. Típico.

—Y tú dices que era una excepción, de alguna manera. Has dicho «exceptuando a Deborah», creo.

—¿Sí? Sí, bueno, eso fue un poco por suerte. Debbie tiene una casa como un palacio a unos nueve kilómetros de aquí, por esta carretera. Fue de su padre cuando estaba en el Servicio. Resultó que estaba en la tubería directa con una base de cerca de Saxmundham que ya pasó a mejor vida. En el puto ombligo de los asuntos medioorientales más gordos. Debbie había tenido una mala racha y estaba en quimioterapia, pero nunca fue de las que dejan pasar nada. Y el Servicio no quería perder a su analista principal. No costó casi nada perforar un poco e incorporarla.

Todd tuvo una idea espantosa:

—Pero, por el amor de Dios, Stewart, ¡no quiero pensar que esta sea tu brecha tecnológica! Debbie es el ultimísimo eslabón de la cadena, o era, y no hay nadie a su alrededor en kilómetros a la redonda.

A lo que Proctor replicó que se tranquilizara, que ya sabíamos todos cómo se pone la Oficina Central cuando se le cruzan los cables.

De vuelta en el despacho de Todd, mientras esperaban a que la sargento mayor acudiese con el jeep, el tema de conversación volvió a ser Deborah Avon.

—Mira, nunca estuve en su casa —dijo Todd, lamentándolo—. Demasiado tarde ya. Habría ido perdiendo el culo, si me lo hubiera permitido. El Servicio era una cosa y otra, su vida privada. Hay un marido por alguna parte, eso me han dicho, aunque no ella. Algo dado al vagabundeo, también me han dicho. Unas veces dando clase, otras en labores de ayuda. Mucho tiempo en el extranjero. No hay mención de hijos. Una vez le pregunté si tenía a alguien en su vida. Y más o menos me dijo que me ocupase de mis puñeteros asuntos. ¿La has encontrado?

—¿La brecha? No creo. Una tormenta en un vaso de agua, da la impresión. Dios sabe qué es lo que quieren encontrar. Si no vuelvo a ponerme en contacto contigo en dos o tres días, da por supuesto que ha quedado en nada. Y cuida bien de ese hijo tuyo, Todd —añadió, mientras el jeep aparcaba fuera—. El país necesita todos los buenos cocineros que pueda agenciarse.

De pie fuera del baño, en el resonante espacio entre dos vagones viejos, Proctor le envía un mensaje a su segundo de a bordo:

Confirmado enlace sin registrar. Descontinuado hace una semana, a petición personal del sujeto.

Le vienen ganas de añadir: Un ejemplo de la incapacidad de la Oficina Central para encajar las piezas, pero, como tantas otras veces, se abstiene.

6

Doce ejemplares de bolsillo de *Los anillos de Saturno* de W. G. Sebald llegan por entrega especial. Julian se queda con uno de ellos y todas las noches lee veintitantas páginas, gugleando nombres de la literatura mundial antes de quedarse dormido.

Hace un viaje necesario a Londres, comprueba cómo está su piso y renueva su presión sobre los agentes inmobiliarios para que lo vendan cuanto antes. Le comunican que el mercado está que se sale, y que obtendría cincuenta mil libras más si esperara dos o tres meses.

Por mor de los viejos tiempos, hace una visita a una exnovia que está a punto de casarse con un rico comerciante. El rico comerciante no está a la vista, y el tiempo transcurrido resulta no ser tan antiguo como él pensaba. Por los pelos escapa con el honor relativamente intacto.

Pasa un día de peregrinaje en la cercana población de Aldeburgh, se pone a los pies de los propietarios de una librería independiente muy prestigiosa en todo el país, habla de festivales y de clubes de lectura, promete que estudiará y aprenderá. Sale de allí convencido de que nunca lo logrará, por muchos libros de Sebald que se lea; luego, ante el hecho de que la primavera parece prometer un verano adelantado, se le alegra un poco el ánimo. La gente que entra en la tienda es real y, para su sorpresa, compra libros. Pero Edward Avon no está entre esos clientes, y la República de los Libros se pierde más, cada día que pasa, en el territorio de los sueños lejanos.

¿Cabe concebir que Deborah haya muerto y Julian no se haya enterado? El periodicucho local no parece creerlo así, ni la emisora de radio, y Celia y Bernard están de vacaciones en Lanzarote.

—Teddy ya no viene aquí, cariño —le asegura Adrianna, cuando se pasa por la repugnante tasca en el transcurso de su paseo matinal—. Puede ser que ella le dijo: Edvard, buen chico, puedes quedarte en casa ahora.

¿Y Kiril?

—Kiril ya no trabaja Sistema Nacional de Salud, cariño mío. Kiril privado ahora.

Hay que encontrar sustituto para Bella, que se ha marchado. Ha bastado con un anuncio para provocar una auténtica oleada de candidatos inadecuados. Cada día entrevista a dos.

Y, una vez cerrada la librería, camina. Las carreras matutinas son para el cuerpo, los paseos vespertinos para el alma. Desde el momento mismo en que compró la librería ya se prometió que un día se calzaría las botas y echaría a andar por las calles de su pueblo adoptivo. Y no solo las calles preferidas de los turistas estivales, con su iglesia normanda de ladrillo y pedernal que lleva mil años sirviendo de torre de vigía para nuestros leales ciudadanos y de guía para nuestros gallardos marineros cuando están embarcados —véase la guía del año pasado, que se vende a 5,96 libras, mientras esperamos interminablemente que se publique una nueva—. No solo sus hoteles victorianos pintados de color pastel, o sus casas de huéspedes a la vieja usanza o las señoriales villas eduardianas que bordean el paseo marítimo. Lo que Julian tiene en mente son las auténticas calles, las casas adosadas de los trabajadores y los callejones de los pescadores, de tres metros de ancho, que corren como trazados con una regla desde lo alto de la colina arbolada hasta la playa de guijarros.

Ahora, por fin, completado el reacondicionamiento de la librería, salvo las estanterías del sótano, que ha reservado para el día final, se siente libre para aventurarse en el paisaje urbano con todo el entusiasmo de alguien ansioso de ensanchar las fronteras de su nueva vida, deshaciéndose de la anterior. No más cintas de correr con aire acondicionado, lámparas de sol y saunas, muchas gracias; no más juergas alcohólicas para celebrar otro pelotazo financiero, arriesgado y totalmente inútil, y las relaciones de una sola noche que inevitablemente siguen. El ciudadano de Londres ya no existe. Demos la bienvenida al pueblerino soltero, dueño de una librería de pueblo, que además tiene una misión.

De acuerdo: es cierto que alguna vez, cuando por casualidad establece contacto visual con bellas desconocidas, lo asaltan los recuerdos de sus más vergonzosos excesos, y ofrece su arrepentimiento a las casas respetables con cortinas de encaje y televisores resplandecientes. Pero al doblar la esquina siguiente o cruzar otra calle, su conciencia descansa. Sí, sí, yo era ese hombre, de lo peor. Pero soy un hombre mejor ahora. He renunciado al brillo del oro a cambio del aroma a papel viejo. Estoy viviendo una vida digna de tal nombre, y más que vendrá.

El único que pone en duda su determinación es Matthew, un escenógrafo en paro, de veintidós años, a quien ha contratado temporalmente por pura desesperación. Mirando desde el mostrador del almacén descubre a Julian con todos sus arreos —botas de andar, impermeable, sombrero de hule— y, fuera, la misma lluvia torrencial que viene cayendo sobre la calle principal durante todo el día, y el chico exclama con franca consternación:

—No vas a salir con este tiempo, ¿verdad, Julian? Vas a pillar algo muy malo. —Y, tras no recibir más respuesta que una serena sonrisa de su jefe—: Prefiero no saber por qué te castigas de esa manera, Julian. De verdad que lo prefiero.

Nada tiene de extraño, pues, que en el transcurso de estas andanzas nocturnas se encuentre, con más frecuencia de la que le gustaría reconocer, subiendo penosamente la colina boscosa del lado más alejado de la localidad y negociando el carril encharcado que corre junto al muro de piedra de una escuela abandonada, para luego continuar cuesta abajo hasta la doble cancela de buen hierro forjado con un nombre: SILVERVIEW. En la oscuridad de un acceso pavimentado se ven tres automóviles: un viejo Land Rover, un Volkswagen Escarabajo y un transporte de personas con la insignia del hospital local.

Debajo de la casa, dos tercios de jardín descendían hacia el mar. ¿Se había restaurado la armonía conyugal? Mirando Silverview, puso su mejor voluntad en creerlo así. Adrianna y su Kiril estaban en pleno romance. Edward, en ese mismo instante, estaba fielmente acurrucado junto al lecho de Deborah, igual que Julian se acurrucaba junto a su madre en aquella infernal residencia sin ventilación, que olía a comida putrefacta y a vejez, en cuyos pasillos sonaba con eco el ruido insoportable de las camillas y el parloteo de las enfermeras mal pagadas.

Descubrió que la casa podía ofrecer una mejor vista, siempre que no tuviera uno inconveniente —y él no lo tenía— en violar la propiedad. Bajas cien metros de cuesta hasta el nuevo centro médico, cruzas el aparcamiento trasero, ignoras la exhortación histérica de no seguir adelante, bajo pena de muerte, pasas por debajo de una alambrada, trepas por un montículo de escombros junto a la estación transformadora... y ahí tenías la misma casa, mirándote enfadada: cuatro grandes ventanales en la planta baja, todos ellos con un grueso cortinaje y solo ranuras de luz a cada lado; y una quinta ventana que podía pertenecer a una cocina; y en la planta alta otra fila de ventanas, solo dos de las cuales estaban encendidas, una en cada extremo de la casa y tan separadas como era posible que lo estuvieran.

Y quizá fuera en una de esas ventanas, durante una de sus incursiones, donde Julian atisbó la sombra solitaria de Edward Avon y su pelo blanco caminando de un lado al otro. O quizá fuese que a fuerza de desear su presencia acabó provocándola, porque la tarde siguiente, tras una mañana invertida en alabar los encantos de un festival de artes ante un consistorio municipal reticente, ¿quién se cernió sobre la puerta de la librería pocos minutos antes de la hora de cierre? El mismísimo Edward Avon, con su sombrero Homburg y su trinchera, solicitando que le abriese.

—¿No seré inoportuno, Julian? ¿Puedes dedicarme un momento?

—¡Todos los momentos que quieras! —exclamó Julian, riendo, mientras fruncía los ojos de dolor, como la primera vez, por la inesperada fuerza del apretón de manos.

Pero resistió totalmente el impulso de bajar a toda prisa con Edward al sótano vacío. Antes había que resolver cierta cuestión. Para tal propósito, el nuevo café bar ofrecía un escenario menos emocional.

El café Gulliver es el reclamo de Julian para las mamás lectoras y sus retoños. Está montado en lo alto de una escalera mágica poblada de duendes y elfos con sombreritos puntiagudos. En sus paredes, un Gulliver muy majo reparte libros a la gente pequeña. Sillas de plástico, mesas y estanterías tamaño infantil adornan su suelo fácil de limpiar. Detrás del mostrador, un espejo rosa de tema gulliveriano cubre toda la pared.

Julian extrae dos expresos dobles de la nueva máquina. Edward saca una petaca del bolsillo lateral de la trinchera y vierte un chisguete de whisky en cada taza. ¿Percibe este hombre, siempre tan atento, cierta tensión ambiental? Ahora, Julian ya ha tenido tiempo de observarlo, a la luz del techo. Edward ha cambiado, como cabe esperar de cualquier hombre cuya mujer esté muriéndose: su mirada se ha hecho más interior, tiene el mentón más tenso y más lleno de resolución, el caudaloso pelo blanco más disciplinado. Pero su contagiosa sonrisa es tan cautivadora como siempre.

—Hay algo que tenemos que aclarar, si te parece bien —empieza Julian, permitiendo que su voz adquiera un tono más grave, a modo de advertencia—. Es sobre tu relación con mi difunto padre.

—¡Pero sí, por supuesto, ni que decir tiene, querido amigo! Tienes todo el derecho.

—Es solo que me parece recordar que me dijiste que, cuando te enteraste de su desgracia por un periódico británico, de su expulsión de la Iglesia, etcétera, tuviste

103

la enorme generosidad de escribirle una carta ofreciéndole dinero, consuelo o cualquier otra cosa que necesitara.

—Era lo menos que podía hacer como amigo —replica Edward muy serio, bebiendo un sorbo de su café reforzado frente al espejo rosa.

—Muy digno de alabanza. Solo que cuando murió yo revisé toda su correspondencia, ¿sabes? Papá era como un hámster. No tiraba casi nada.

—¿Y no encontraste la carta que le escribí? —El siempre cambiante rostro de Edward refleja una franca alarma.

—Bueno, solo encontré algo de correspondencia sin explicación —reconoce Julian—. Un sobre con sello británico y matasellos de Whitehall. Y dentro una carta escrita a mano, o más bien garrapateada, la verdad, en papel con membrete de la embajada británica en Belgrado. Ofrecía dinero y algún tipo de ayuda, y la firma era Faustus.

El rostro de Edward en el espejo registra un sobresalto momentáneo, pero enseguida recupera su sonrisa divertida, lo cual no impide que Julian ahonde en la cuestión.

—O sea que le contesté, ¿comprendes? Querido señor o querida señora Faustus, muchas gracias, etcétera, pero lamento comunicarle que mi padre ha muerto. Luego, unos tres meses más tarde, la embajada me devolvió la carta con una nota despreciativa diciéndome que en sus registros no constaban ningún señor ni señora Faustus, ni habían constado nunca —concluye, solo para encontrarse con el rostro de Edward sonriéndole aún más ampliamente desde el espejo.

—Tu Faustus soy yo —declara—. Cuando llegué a nuestro tremendo colegio, los compañeros, por motivos que comprendo bien, me atribuyeron un aspecto extranjero y una disposición taciturna. De ahí que me pusieran Faustus. Más adelante, cuando le escribí a H. K. en su desgracia, tuve la esperanza de que el recurso al viejo sobrenombre de su amigo le tocaría alguna fibra sensible. Pero, por desgracia, parece que me equivoqué.

El alivio que experimenta Julian ante este dato es mayor de lo que se había permitido imaginar; algo parecido siente Edward, como bien muestran las risas de ambos ante el espejo.

—Pero ¿qué diablos hacías nada menos que en Belgrado? —protesta Julian—. Tienes que haber estado ahí en plena guerra de Bosnia.

Edward no responde a esa pregunta tan rápidamente como Julian esperaba. Su rostro se ha ensombrecido, y está mordiéndose el labio, como recordando.

—¿Qué quieres que te diga, mi querido amigo, qué puede hacer uno en una guerra? —pregunta, como haría cualquier persona razonable—. Hace uno lo posible por pararla, claro está.

—Vamos a echar un vistazo abajo —propone Julian.

Estaban de pie, hombro con hombro. Ninguno de los dos hablaba, ambos perdidos en sus pensamientos. La creciente humedad estaba subsanada. El sótano, según el arquitecto, era una gran batería de pilas secas. La República de las Letras no se deterioraría.

—Soberbio —declaró Edward, con reverencia—. Veo que has cambiado la pintura de las paredes.

—Pensé que el blanco resultaba algo crudo. ¿No te parece?

—¿Hay aire acondicionado?

—Ventilación.

—¿Enchufes nuevos? —se preguntó Edward, con una voz que no intentaba ocultar su más profunda preocupación.

—Les dije que los pusieran por todas partes. Cuantos más, mejor.

—¿Y el olor?

—Se habrá ido en un par de días. Y tengo muestras de las estanterías. Échales un vistazo, si estás interesado.

—Estoy interesado. Pero antes tengo algo que decirte. Como bien sabes, aunque tu buena educación te impida mencionarlo, mi querida esposa, Deborah, padece una enfermedad incurable que no tardará en llevársela.

—Estoy al corriente, Edward. Lo siento mucho, y si hay alguna ayuda que pueda prestarte...

—Ya me has ayudado. Más de lo que imaginas. Desde el momento mismo en que concebiste la idea de una biblioteca clásica popular y me invitaste a asistir a su creación, tu propuesta viene siendo mi soporte.

¿Yo concebí la idea?

De lo más profundo de un bolsillo de su trinchera, Edward había extraído un manojo de folios plegados longitudinalmente y metidos en una funda de plástico, para protegerlos de la lluvia.

—¿Me permites? —preguntó.

A la luz del nuevo alumbrado del techo, Julian examinó, con creciente entusiasmo y solo parcial comprensión, unos seiscientos títulos con sus correspondientes autores, todos ellos escritos en una letra conmovedoramente extrajera. Mientras, Edward tuvo la delicadeza de volverse de espaldas, como para estudiar a fondo los enchufes eléctricos.

—¿Te parece que mis sugerencias podrían constituir una base aceptable para proceder?

—Más que aceptable, Edward. Fantástica. De verdad, gracias. ¿Cuándo empezamos?

—¿No se te ocurre nada que falte en mi lista?

—Así, a primera vista, nada.

—Algunos títulos serán difíciles de conseguir. Lo más probable es que tardemos un prolongado período de tiempo en estar completos. Es por la naturaleza misma del proyecto que has engendrado. Es un discurso entre libros, no un museo.

—Es algo grande.

—Es un alivio oírte. ¿Y está bien esa hora del día, durante el tiempo que mi mujer duerme a última hora de la tarde?

Pactaron rápidamente una rutina vespertina. Tan pronto como Matthew se echaba a la calle con su bicicleta, con un alegre «hasta mañana», Edward se deslizaba por la puerta principal al interior de la tienda. Su humor al llegar era impredecible. Algunas tardes llegaba con tal cara de desesperación que Julian lo subía inmediatamente al Gulliver, donde había adquirido la costumbre de guardar una botella de whisky encerrada con llave en un aparador. A veces, Edward solo disponía de unos minutos y se marchaba enseguida; a veces permanecía un par de horas.

Igual que su humor, también fluctuaban sus tonos de voz, a los oídos siempre atentos de Julian: de sonoro a vacilante, pasando por el inglés de la reina, o inglés de Oxford, propio de las mal llamadas clases caballerescas. Observando estos cambios de identidad, Julian no podía sino preguntarse cuánto había en ello de fingimiento y cuánto de realidad. ¿Dónde había aprendido esos tonos de voz? ¿A quién imitaba cuando los utilizaba? Pero no le apetecía ponerse en plan crítico. Estoy suministrando a un hombre que sufre la misma ayuda y el mismo consuelo que él ofreció a mi padre. Y a cambio —en este momento era el chico de la City quien hablaba por él—, Edward me suministra formación y asesoramiento profesionales sin pagarle nada. No le des más vueltas.

De paso, como beneficio secundario, estaba escuchando por primera vez cosas agradables de su padre:

relatos sobre la valentía, el buen corazón y la popularidad del joven H. K., en su condición de principal activista del colegio contra la guerra de Vietnam.

—Y lo mejor de todo, diría yo, es que nunca creció —declaró Edward, sobre un café expreso mejorado—. H. K. mantuvo con vida al niño que llevaba dentro, como deberíamos hacer todos.

—¿Tú mantienes con vida al tuyo? —le preguntó Julian, pasándose un poco de descaro para su propio gusto—. ¿O lo que ocurre es que un patricio nunca deja de ser un patricio?

¿Había ido demasiado lejos? La melancolía ensombreció el rápido rostro de Edward, para inmediatamente ceder su sitio a una sonrisa radiante, como solía ocurrir. Animándose, Julian tentó su suerte:

—A juzgar por lo poco que he podido colegir, tú siempre fuiste mucho más maduro que mi padre. Papá fue a Oxford y encontró a Jesús. ¿Adónde fuiste tú? Según dijiste, en la vida tú has sido un hombre para todo.

Edward, en principio, no se tomó bien que le recordaran sus propias palabras.

—¿Quieres conocer mi currículo? ¿Eso es lo que preguntas? —Y antes de que Julian pudiera protestar—: Ya no tengo edad de mentirte, Julian. Mi padre fue un marchante encantador, pero no muy capacitado. Huyó de Viena cuando ya era demasiado tarde y, como bien decimos entre nosotros, nunca dejó de estar agradecido a Inglaterra. Tampoco yo.

—Edward, no me entiendas mal...

—En cuanto a la muerte natural de mi padre... Igual de prematura que la de tu padre. Mi madre se lio con un violinista igual de encantador, que sí tenía talento, pero sin dinero, y se fueron juntos a París a vivir en una amable pobreza. Mi padre había tenido el erróneo deseo de que yo completara mis estudios en Inglaterra. Consiguió guardar un poco de dinero para tan terrible propósito. ¿Tienes ya suficiente información sobre mí, o tengo que seguir explicándome?

—Más que suficiente. No era mi intención. —Pero algo muy distinto fluía por su cabeza. Estoy escuchando una canción como cantada por mi propia boca. Yo también, de vez en cuando, me he contado historias sobre mis padres.

Pero, afortunadamente, Edward había cambiado de tema.

—Dime una cosa, Julian. Tu colaborador, Matthew. ¿Lo tienes en buena consideración?

—Muy buena. Está esperando a que llegue el verano, cuando abren los teatros. Tiene la esperanza de que lo necesiten en algún sitio, y yo lo que deseo es que no.

—¿Puedes contar con él para actuar en tu lugar de vez en cuando?

—Sin duda. De vez en cuando. ¿Por qué?

Mera curiosidad, al parecer, porque Edward no dio respuesta. Sí quería saber, en cambio, si Julian tenía a mano algún ordenador que le sobrara. Julian tenía varios. ¿Tendría quizá sentido para la República, entonces, que

110

Edward tuviera su propia dirección electrónica, puesto que pensaba hacer búsquedas de obras raras o agotadas? Julian aceptó ambas propuestas con mucho gusto.

—Por supuesto, Edward. Ningún problema. Te proporcionaré el ordenador.

Y a la tarde siguiente Edward tenía su ordenador, la República tenía su propia dirección electrónica y Julian se quedó con una imagen tonta de sí mismo como sucesor de Celia.

Pero ¿sucesor de qué? Sus días de la City lo han habituado a que abusen de él, y a abusar él en reciprocidad. Está acostumbrado a que la gente diga una cosa y haga otra completamente distinta. Si Edward pensaba prolongar su estrategia con Celia, cabía imaginar que utilizara ese ordenador prestado para liquidar a espaldas de ella su gran colección de porcelana. Bueno, pues le había prometido a Celia que la mantendría al tanto si se enteraba de algo, o sea que igual debería bajar al sótano y echar una ojeada. Lo hace. Pesquisas muy precisas sobre libros de segunda mano y editoriales. Peticiones de catálogos de ediciones raras o agotadas. De porcelana china de valor incalculable, cero: ni en Enviados ni en Papelera. Mientras, de uno en uno o de dos en dos, los pensamientos de grandes hombres y mujeres de todos los tiempos empiezan a llegar.

—Mi querido amigo Julian.

—Edward.

Hablan del piso que tiene Julian en Londres. ¿Lo utiliza de vez en cuando? No, pero ¿quiere Edward que se lo preste? Oh, no, colega, no, esos días hace ya mucho tiempo que quedaron atrás, gracias a Dios. Pero ¿tiene Julian quizá la intención de efectuar un desplazamiento en los próximos días?

No, Julian no tiene tal intención. Bueno, claro, siempre podría encontrar un motivo, con tantos abogados y contables, con tantos cabos sueltos de los negocios como quedan por atar.

En tal caso, ¿quizá pedirle a Julian que le hiciera un pequeño recado en Londres no fuese demasiado abuso?

Muy al contrario, le aseguró Julian.

En consecuencia, ¿tenía Julian alguna idea de cuándo esos cabos sueltos a los que acababa de referirse podrían requerir su presencia, dado que el asunto que pesaba en el ánimo de Edward era de naturaleza más bien apremiante, por no decir urgente?

—Si es urgente, y si te pesa en el ánimo, Edward, puedo ir mañana —replicó Julian cordialmente.

—¿Puedo también dar por supuesto que no careces de experiencia en el terreno amoroso?

—Puedes, Edward, si te viene bien —exclamó Julian con una risa algo confusa y un aluvión de curiosidad que disimuló del mejor modo posible.

—Y ¿si ahora te confesara que a lo largo de muchos años he mantenido una relación con cierta dama sin conocimiento de mi mujer? ¿Te llenaría ello de desagrado?

¿Era el mejor amigo de H. K. quien hablaba, o el propio difunto H. K.?

—Pues no, Edward, no me llenaría de desagrado... O sea que sigue hablando.

—Y si el recado que quiero encargarte incluyese la entrega de un mensaje confidencial a la aludida dama, ¿podría yo contar con tu absoluta y permanente discreción en todas las circunstancias?

Podría, sin duda alguna. Y, sobre esta base, Edward ya estaba dándole a Julian sus instrucciones, dejándolo sin aliento con tanta precisión:

El cine Everyman frente a la estación de metro de Belsize Park... Un ejemplar de *Los anillos de Saturno* de Sebald, a efectos de identificación... Dos sillones de plástico blanco a tu mano derecha... Otras posibilidades de asiento al fondo del vestíbulo... Si el cine está cerrado por alguna razón, acércate al bar restaurante que hay al lado y que está abierto todo el día, aunque a esa hora no hay nadie... Siéntate junto a una ventana y procura que el Sebald se vea bien.

—Bueno, pero ¿cómo voy a identificarla? —preguntó Julian, ya con la curiosidad desbocada.

—No habrá necesidad de ello, Julian. Ella se te acercará al ver el Sebald. A continuación le pasarás la carta de manera franca y saldrás por el foro.

Una sensación de absurdo acudió al rescate de Julian:

—¿Cómo la llamo? ¿Mary?

—Mary valdrá perfectamente —replicó Edward, con solemnidad.

¿Pegó ojo Julian aquella noche? A duras penas. ¿Se preguntó cómo había podido meterse en semejante lío? Más de una vez. ¿Estuvo tentado de llamar a Edward y decirle que no había acuerdo? Ni una sola vez. ¿O llamar a un amigo, a una amiga, y pedir consejo? Tenía el sobre de Edward en la mesilla de noche, muy bien cerrado, y lo había prometido solemnemente en todos los idiomas conocidos.

Se levantó temprano, se puso su mejor atuendo informal. ¿Qué se pone un hombre elegante para una cita a ciegas con la amante de un amigo de su padre en el cine Everyman de Belsize Park? Con el sobre de Edward en el bolsillo y un ejemplar de *Los anillos de Saturno* en el maletín, se abrió camino hasta el tren de cercanías de las ocho y diez de Ipswich a Liverpool Street, y de ahí a Belsize Park, donde, con toda puntualidad, ocupó su posición en un sillón blanco de plástico del vestíbulo vacío del cine Everyman, con el Sebald abierto por delante.

Y cabía suponer que ahí venía Mary, ahora, abriendo de par en par las puertas de cristal y dirigiéndose resueltamente hacia él. Y la primera centelleante obviedad que se le ocurría a uno al verla era que no se trataba de ninguna aventurilla corriente y moliente, sino de una espléndida mujer madura, estilosa y decidida.

Se había puesto en pie para recibirla y ahora estaba frente a ella, con el Sebald en la mano izquierda. La derecha la tenía subida a la altura del pecho, para pescar a medias del bolsillo de su chaqueta de lino el sobre sin dirección que le había dado Edward. Solo a medias, porque tenía que esperar a que ella hablara. Ojos castaño claro y con la sombra cuidadosamente aplicada. Sedosa piel de oliva. Edad inescrutable: cualquiera entre cuarenta y cinco y sesenta y cinco. Maquillaje apenas observable, atuendo formal, aunque no del todo convencional. Falda larga, muy elegante, pero con bolsillos profundos y prácticos. Si viniera de una muy importante reunión en la City no le habría sorprendido. Julian espera a que ella hable. Ella no habla.

—Creo que puedo tener una carta para usted —le dice él.

Ella estudia esa posibilidad. Lo estudia a él. Descarado contacto visual.

—Si le interesa Sebald y si viene de parte de Edward, entonces sí que tiene una carta para mí —acepta.

¿Está sonriendo? En caso afirmativo, ¿sonríe por él o con él? El acento podría ser francés. Le está tendiendo la mano. Anillo de zafiro en el anular, uñas sin pintar.

—¿Tengo que leer esto ahora?

—Edward no dijo nada al respecto. Quizá debería usted hacerlo, para mayor seguridad.

—¿Para mayor seguridad? —No es seguro que le parezca bien.

—Podemos tomar un café ahí al lado, si lo prefiere. Mejor que estar aquí de pie. —Tratando de alargar la conversación por todos los medios.

El café restaurante está vacío, como había predicho Edward. Julian elige una mesa para cuatro. Ella quiere

agua helada, preferiblemente Badoit. Él pide una botella grande, dos vasos, hielo y limón aparte. Usando el
cuchillo de los cubiertos de servicio, ella rasga el sobre. Folios blancos tamaño A4. Escritos por ambos lados con la letra de Edward. Cinco páginas, a primera
vista.

La mujer sostiene la carta en postura ladeada, fuera
de la línea de visión de Julian. Se le ha subido la manga
del brazo derecho. Cicatriz larga y fruncida en la piel de
oliva. ¿Autoinfligida? No esta mujer.

Pliega los folios y vuelve a meterlos en su sobre. Sepa-
ra las dos G de su bolso Gucci, guarda el sobre en su interior y vuelve a juntar las G. Sus manos son aún más
bellas por mostrarse tan competentes.

—Qué cosa tan ridícula —le comunica a Julian—. No
tengo papel de escribir.

Julian lo intenta con la camarera. La camarera no tiene papel de escribir. Recuerda haber visto una tienda varios portales más abajo. ¿Me espera usted un momento?
¿Por qué se lo pregunta? ¿Qué otra cosa podría hacer?

—Y un sobre, por favor —le dice ella.

—Claro.

Recorre la acera a toda pastilla, pero luego tiene que
hacer cola en la caja. Cuando vuelve, la mujer está exactamente en la misma postura en que la había dejado, bebiendo de su vaso de agua helada y con los ojos puestos
en la puerta. Un bloc de papel de escribir Basildon Bond,
azul. Sobres a juego. Ahí tiene usted.

—Y me ha comprado cinta adhesiva. ¿Es para sellar el sobre?

—Esa era la idea.

—¿No debo confiar en usted?

—Edward no lo hizo.

Le habría gustado sonreír, pero está demasiado ocupada escribiendo tras la mano ahuecada, mientras Julian mira hacia otro lado de modo exagerado.

—¿Cómo se llama usted, por favor?

—Julian.

—¿Por ese nombre lo conoce a usted, Julian? —Sin levantar la cabeza, escribiendo.

—Sí.

—¿Cuándo le llegará esto?

—Mañana a última hora. Cuando venga a mi librería.

—¿Tiene usted una librería?

—Sí.

—¿Cómo está Edward de su corazón? —Sin dejar de escribir.

¿Quiere decir que cómo está de ánimos, habida cuenta de que su mujer está muriéndose? ¿Sabe ella que la mujer está muriéndose? O quizá, como él sospecha, se refiere a algo muy distinto.

—Aguanta bastante bien, dadas las circunstancias. —¿Dadas qué circunstancias?

—¿Cuándo tendrá usted ocasión de hablar con él a solas?

—Mañana.

—No se ofenderá usted.

—¿Por qué iba a ofenderme? En absoluto. Claro que no.

Julian se da cuenta de que la mujer se refiere a la cinta adhesiva. Las fuertes manos calculan el largo y cierran el sobre.

—Cuando hable con él, haga el favor de contarle lo que ha visto. Que estoy bien, serena, en paz. Así me ha visto usted, ¿no es verdad?

—Sí.

Le entrega el sobre.

—Pues, por favor, descríbame tal como me ha visto. Eso es lo que él desea.

Se levanta. Julian camina con ella hasta la puerta. Ella se gira y, como dándole las gracias, le pone una mano en el antebrazo y su mejilla roza someramente la de él. Aroma corporal, procedente del cuello desnudo. Cuando la mujer ya ha puesto el pie en la calle, Julian se fija en un Peugeot con chófer que la espera en la zona de aparcamiento. Mientras el chófer acude a abrir la puerta trasera, el chico de la City da muestras de lo listo que es apuntando la matrícula en su libro de notas, y luego toma el metro hacia Liverpool Street.

Ya habían dado las once de esa noche cuando Julian entró en la librería, sintiéndose más cansado que nunca en su vida. Le tomó un momento comprender lo que estaba viendo: otro sobre, pegado espectralmente a la puerta acristalada, y un pósit con letra de Matthew:

¡MENSAJE DE UNA SEÑORA!

Pensando que ya estaba bien de mensajes secretos por ese día, abrió el sobre.

Querido (permítame llamarlo así) Julian:

Han llegado a mis oídos tantas cosas buenas de usted. Qué interesante que su padre asistiera al mismo colegio que mi marido. Y qué buen detalle por su parte el de proporcionarle una muy necesaria ocupación. Como quizá sepa usted, durante los diez últimos años, gracias a mi padre, he mantenido una posición no ejecutiva al frente del patronazgo de nuestra espléndida biblioteca local, que siempre fue uno de sus grandes amores, y de cuyo comité, según he podido comprobar, es usted miembro de oficio. ¿Puedo, pues, por todas estas razones, invitarlo a una sencilla cena en nuestro domicilio?

No he estado bien últimamente, de modo que tendrá usted que conformarse con lo que se encuentre. Da igual una noche que otra, venga lo más pronto que pueda.

Atentamente,

Deborah Avon

—¿Cómo era la dama? —le preguntó Julian a Matthew a la mañana siguiente, nada más abrir la tienda.

—Abrigo de lana, marrón, de mala calidad, pero unos ojos encantadores.

—¿Edad?

—La misma que tú. ¿Viste *Doctor Zhivago* anoche en la tele?

—No, no la vi.

—Llevaba el mismo pañuelo que Lara. Parecía el auténtico, la verdad. Me dejó de una pieza.

7

—¡Stewart, cariño mío, eres la perfección de la esplendidez! ¡Y qué sorpresa! No tenías por qué —exclamó Joan en la puerta, aceptando las dos botellas de borgoña tinto que le traía su invitado.

Por el mapa, Proctor había imaginado una encantadora casa de campo de Somerset, cubierta de clemátide, pero lo que se le ofreció a la vista al bajar del taxi fue un bungalow de tejas verdes cuya estridencia debía de llevar al borde de la desesperación a los residentes más antiguos.

—¡Stewart, muchacho! ¡Qué alegría verte! En plena forma, ¿eh? Qué suerte tienes —faroleó Philip, inglés de buen porte, apoyado en un bastón de fresno, sin apenas una cana en la hermosa cabeza oscura, sonriendo rudamente por encima del hombro de Joan, para luego situársele delante, cojeando, y proceder al abrazo viril.

Pero Proctor observó que la ruda sonrisa venía helada, y que sobre ella había un ojo ominosamente medio cerrado.

—Sí, me temo que sí. —Philip le siguió la corriente con brusquedad, leyendo la mirada de Proctor—. Un poco mal sí que lo he pasado, queridos. No digamos nunca nada malo de nuestro querido Servicio Nacional de Salud de toda la vida. Conmigo han estado impecables en todo momento.

—Y con todas las enfermeras a tu alrededor, las muy descocadas —dijo Joan, elevando la voz—. Y eso fue lo que te devolvió a la vida mejor que cualquier otra cosa. Porque estabas muerto cuando llegaste, ¿verdad, cariño mío? Aunque no lo reconozcas.

Risas compartidas.

—Y luego pensé que ese sitio lo mataría, después de Loganberry Cottage, que él adoraba. Fue todo lo que pude encontrar disponible con las prisas. Pero él está en el séptimo cielo. Tiene una fisio muy mona que acude una vez por semana y ha descubierto su yo periférico. Dentro de nada vas a necesitar enanos para el jardín, ¿a que sí?

—De colores —dijo Philip, entre nuevos ululatos de risa.

¿Era de verdad esa la pareja adorable que Proctor recordaba de hacía veinticinco años? ¿Philip, inclinado sobre su bastón, por el ataque, y Joan, una mujer caballuna con pantalón de cintura elástica y camiseta con foto de la vieja Viena en gran angular desparramándose por su amplio torso? Pero Proctor recordaba los tiempos en que esa misma mujer era la insólitamente bella directora de

Operaciones en Levante, mientras Philip, su marido, fumaba en pipa y llevaba las redes del Servicio en Europa del Este desde una Estación cercana al palacio de Lambeth. La mejor y más brillante pareja casada del Servicio, según decían. Y cuando a Philip lo ascendieron a la Estación de Belgrado, al principio de la guerra de Bosnia, y Joan fue nombrada su número dos, los aplausos se oyeron hasta en la sección de Pagos y Subsidios, que estaba en el sótano.

En un salón comedor con ventanal al diminuto huerto y, al fondo, a la iglesia medieval donde Joan ejercía dos veces al mes como florista, saborearon el *bœuf bourguignon* de ella, junto con las patatas de Philip y el borgoña de Proctor, y discutieron alegremente el estado de Reino Unido —calamitoso—, Afganistán —sin esperanza, tendríamos que reducir nuestras pérdidas al mínimo y salir de ahí—, y además la omnisciencia de su perra labradora negra, cuyo nombre, inexplicable, era Chapman.

No fue hasta que estuvieron instalados ante el café y los licores en la diminuta terraza interior cuando, mediante tácito acuerdo, se sintieron libres para hablar de lo que fuese que hubiera llevado a Stewart a la puerta de Joan y Philip. Porque era verdad admitida entre profesionales de inteligencia de cierta edad que las cuestiones delicadas, cuando no hay más remedio que hablar de ellas, era mejor hacerlo en un cuarto desnudo, sin paredes medianeras y sin lámpara de araña.

Joan se había colocado un par de gruesas gafas de abuelita y se había instalado como una reina en un sillón alto de ratán que le dibujaba un halo en torno a la cabeza. Philip se sentó con las rodillas separadas en un cofre indio tallado, con muchos cojines, con el bastón debajo de la barbilla, sujeto con ambas manos. Chapman se había estirado todo lo que daban sus resbaladizas patas. Obedeciendo la orden de Joan, Proctor ocupaba la mecedora (pero ten cuidado, no te eches demasiado hacia atrás).

—O sea que eres el chico de moda estos días —observó Joan, basándose en lo poco que Proctor le había dicho por teléfono.

—Pues sí —confirmó Proctor rotundamente, poniendo además buena cara—. Tengo que reconocer que, cuando me llamaron, creí que era para comunicarme que mi tiempo había terminado. Pero lo que hicieron fue ofrecerme un trabajo administrativo bastante interesante.

—Menuda potra —masculló Philip.

—¿Consistente en...? —preguntó Joan.

—Hacer de rueda de repuesto en la sección de Formación, básicamente —confesó Proctor—. Actividad principal: confeccionar historiales clínicos sanitizados como herramientas de enseñanza para nuevos participantes. Bajo el epígrafe general de «Tratamiento de los Agentes de Campo». Para ser usado en parte como material para conferencias, y también en simulacros.

—Bien que nos habría venido algo así a nosotros, cuando nos incorporamos, ¿verdad, cariño? —intervino de nuevo Philip—. No había formación ni por el forro, en nuestra época.

—Dos semanas aprendiendo a archivar papeluchos —confirmó Joan, sin apartar de Proctor sus ojos inteligentes, detrás de las gafas. Sin creerle una palabra—. Y ¿cuál es nuestro papel en esto, Stewart?

A Proctor le encantó decirle:

—Bueno, pues siempre, cuando es posible, nos gusta incluir el testimonio vivo de los protagonistas. Funcionarios de oficinas, analistas y, lo más importante, para lograr el efecto de cuerpo caliente, los antiguos adiestradores del agente. —Philip estaba muy ocupado acariciándole la oreja a Chapman, pero la mirada fija de Joan no se había apartado del rostro de Proctor.

—Qué expresión tan extraordinaria —exclamó ella, con una súbita risotada—. El efecto de cuerpo caliente. Qué jugoso. ¿Te ha salido así, de pronto, Stewart, lo has inventado para nosotros solos?

—Por supuesto que no, cariño. No seas tonta. Nosotros es que hemos perdido el contacto. Ahora tienen un vocabulario completamente nuevo. Y directores de primera línea. Y Recursos Humanos, joder, en vez del Departamento de Personal de toda la vida. Y grupos de discusión, en vez de ponerse a trabajar.

—O sea que, suponiendo que ambos estéis de acuerdo —prosiguió Proctor, sin inmutarse—, hay un caso en

127

concreto que en nuestra opinión valdría la pena revisar, y afortunadamente os concierne a los dos, así que tenemos dos por el precio de uno, por así decirlo. Y, en la esperanza de que estéis ambos dispuestos a sufrir un riguroso interrogatorio —chiste ligero—, me he traído la carta modelo de Secretaría autorizándoos a hablar exactamente como os parezca bien. Con tanta profundidad y tanta amplitud como queráis, no os privéis de expresar cualquier crítica que tengáis de la Oficina Central. —Resoplido de Philip—. Nosotros nos encargaremos de cualquier recorte que haga falta. Y que quede clara desde el principio una cosa muy importante: no os preocupe lo que penséis que tenemos archivado. Los expedientes de los agentes, como vosotros sabéis mejor que nadie, son famosos por lo que no dicen. Y los expedientes antiguos son peores aún que los nuevos. La mayor parte de lo que sucede sobre el terreno nunca llega a ponerse por escrito, lo cual, probablemente, les viene muy bien a todos los afectados. La opinión del adiestrador, lo que solicita, de hecho, es que supongáis una total ignorancia por nuestra parte. Contádnoslo todo como nuevo, como fue para vosotros, no para el Servicio, y que salga todo a relucir. Y si os vienen unas ganas muy grandes de poner a parir a la Oficina Central, no vayáis a preocuparos por vuestras pensiones ni ninguna de esas tonterías.

Silencio alargado y ligeramente desconcertante a oídos de Proctor, mientras Joan estudiaba la carta con el otro par de gafas que llevaba colgando del cuello y luego se la pasaba a Philip, que la leyó con la misma atención, para luego devolvérsela a Proctor con una adusta inclinación de cabeza.

—O sea que han trasladado al gran Doctor Proctor a la sección de Formación —caviló Joan—. Vivir para ver.

—Solo como adjunto, Joan. He tenido una buena racha.

—Y ¿quién es nuestro sabueso jefe, ahora que te han mandado a ti a buscar cuerpos calientes? No me digas que han dejado la casa sin guardar.

A lo que Proctor solo pudo menear la cabeza, pesaroso, dando a entender que, por desgracia, no estaba autorizado a proporcionarles detalles del orden de batalla actual del Servicio, mientras Joan seguía mirándolo implacablemente y Philip masajeaba la oreja de Chapman.

—Y, solo para no equivocarnos —dijo Proctor, recurriendo a un tono más formal—, aunque el sujeto del caso cuya historia nos gustaría oír de vuestros labios sigue vivo y coleando, no tenemos la menor intención de darle a conocer de ningún modo nuestro interés. Dicho de modo oficial: todo contacto con él está rigurosamente embargado hasta que se os indique lo contrario. ¿Queda claro?

A lo que Joan dejó escapar un prolongado suspiro y dijo:

—Ay, Dios. Pobre Edward. ¿Qué habrás hecho ahora?

Para iniciar lo que llamó «un pequeño seminario improvisado», Proctor propuso unos cuantos epígrafes que había tramado sin orden ni concierto durante el viaje en tren:

—En líneas generales, buscamos orígenes sociales e influencias formativas; luego vienen la contratación, la formación y la gestión; después, el oficio y el producto, y, por último, el reasentamiento, cuando sea aplicable. Philip, ¿qué tal si haces tú el saque inicial?

Pero Philip no estaba muy convencido. Desde la primera mención de Edward, su retorcido rostro había adoptado una expresión de rechazo obstinado.

—Estás hablando de Florian, ¿verdad? AE en Varsovia. ¿Es él la persona de quien quieres que hablemos?

Proctor confirmó que Florian era esa persona, en efecto: en la jerga del Servicio, *AE* era agente ejecutivo, o asistente no oficial.

—Bueno, Florian era un gregario estupendo. No fue culpa suya que a la red le diera por desmoronarse, digan ahora lo que digan.

—Y estoy seguro de que es así como queremos contar su caso —dijo Proctor, suavemente—. En términos positivos y justos. Con vuestra ayuda.

—Y que no se os meta en la cabeza que lo recluté yo. Fue Barnie. Yo estaba aún en Londres.

Pausa reverencial mientras dedican un recuerdo a Barnie, el difunto gran reclutador de la guerra fría, habitual de Chez Les-Lee y de la Rive Gauche de París en general, Flautista de Hamelín y padre siempre fiel de sus gregarios.

—Fijaos, cuando Barnie le echó el anzuelo, Florian ya se había reclutado solo, como quien dice —prosiguió Philip, desafiantemente—. No le hizo falta gran cosa a Barnie para reclutar a un elemento que ya estaba más que dispuesto. No fue por dinero, ni por darse el gustazo. Florian se movía por causas. Si le hacías ver una causa en la que creyera, se lanzaba sin mirar a los lados. Fue Ania quien le encendió la mecha. No Barnie, para nada. Lo que no le impidió atribuirse el mérito. Nada se lo impedía, nunca. No había mérito que no se atribuyese.

Philip podría haber seguido en esta línea durante un rato, si Proctor no hubiera mirado a Joan pidiéndole ayuda.

—Cariño, no puedes empezar por cualquier sitio, sin orden ni concierto. Puede que Stewart ni siquiera sepa quién es Ania. O que haga como que no lo sabe. No puedes sacarla del sombrero como un conejo, ¿a que no, Stewart? Se supone que estamos con los orígenes sociales y las influencias formativas.

Llamado al orden por su mujer, Philip adoptó una actitud hosca durante un tiempo, sin saber si obedecer a Joan o seguir exactamente como antes.

—Bueno, pues yo te voy a decir una cosa sobre sus orígenes sociales —rompió de nuevo a hablar—. Florian tuvo la niñez más espantosa que nadie pueda imaginar. Sabes algo de su padre, supongo.

De nuevo, Proctor tuvo que recordar amablemente a Philip que no podía dar nada por sabido.

—Bueno, pues el padre era polaco, ¿verdad? Y una mierda de tío. Católico extremista de algún tipo, fascista implacable, convencido de que los nazis eran lo mejor de lo mejor. Les besaba el culo, los ayudaba con sus deportaciones, denunciaba a judíos escondidos y lo remataba todo con un buen trabajo de oficina, enviándolos a campos de concentración en tropel. Bueno, pues —pausa para reorganizar las ideas—, después de la guerra, lo agarraron, ¿verdad? Merodeando por los campos, haciéndose pasar por un pueblerino. Juicio rápido, sin florituras, y lo colgaron en la plaza del pueblo. Tuvo mucho público. Su mujer no era ningún angelito, y eran tiempos de justicia pura y dura, de modo que también la buscaron a ella. No lograron encontrarla. ¿Por qué no?

—Dímelo tú —dijo Proctor, con una sonrisa.

—Porque, a la hora de la verdad, su puñetero marido la había introducido en Austria, y ahí la tenemos, instalada en un convento de Graz con otro nombre, pariendo a su niño. Siete años después, se nos presenta en París, con su hijo a remolque. Florian. Dos años más tarde, se casa con un aburrido británico de uno de los cinco grandes bancos. Pasaporte británico para ella, pasaporte británico para el niño. No está nada mal para una puta polaca con un criminal de guerra nazi en el currículo.

—Y Florian, ¿cuándo se enteró de todo eso? —preguntó Proctor escribiendo cuidadosamente en su bloc de notas.

—A los catorce años. Cuando se lo dijo su madre.

Tenía muchísimo miedo de que los polacos le siguieran la pista y tuviera que volverse a Varsovia con el chico. Algo que no llegó a ocurrir. Su documentación falsa era a prueba de bombas. Los polacos nunca establecieron la conexión. Lo comprobamos por todos lados —dijo Philip, tras lo cual se le cerró la boca en una mueca.

Pero solo fue una pausa antes de volver a la carga:

—Y ese fue el único asunto sobre el que mintió Florian en toda su vida, que yo sepa. Le resultaba insoportable tener un padre tan espantoso, de modo que empezó a fantasear sobre él. Les encajó toda clase de historias distintas a distintas mujeres. ¿Qué es esa sarta de idioteces que le has contado a Gerda, o como se llamara, eso de que tu padre fue un heroico capitán de navío?, le pregunté una vez. ¿Ha sido solo para llevártela a la cama? No reconoció nada, que conste. Comprensible, con la formación que le habíamos dado. Me dijo que todo aquello era sobre su padrastro británico, que era muy bueno. Putas mentiras.

Y como si acabara de ocurrírsele:

—Y si quieres saber de dónde le vino su odio visceral a la religión, empieza, como es lógico, por un anticatolicismo rabioso, y se extiende a partir de ahí. ¿Son cosas así las que necesitas?

—¿Influencias formativas? —repitió Philip, arrastrando las palabras con desprecio—. Pues coño, echa un vistazo a su hoja de servicios. Ah, bueno, que estamos haciendo como que no la tiene. El día mismo en que la madre le habló de su padre natural, se convirtió en un antifascista impenitente, en un bolchevique antiimperialista, y en un dolor de cabeza para sus maestros del colegio privado al que lo llevaron a rastras. Cabecilla de la brigada anti-vietnam, miembro con carnet de la Joven Liga Comunista, se negó rotundamente a pisar la capilla del colegio. Ni que decir tiene que en la Sorbona lo acogieron con los brazos abiertos, le acabaron de llenar la cabeza con más de lo mismo, y seis años más adelante, ahí estaba, por su propia voluntad, de regreso en la tierra de su padre. Había pasado un año en Zagreb, un año en La Habana, un año en Upsala, ya puestos, y ahí estaba, enseñando la interpretación marxista leninista de la historia en la Universidad de Gdansk a un montón de católicos polacos irredentos, bajo una dictadura marxista que no funcionaba. Totalmente increíble para quien no conozca Centroeuropa. Pero normal y corriente para quien sí la conoce —concluyó Philip combativo.

—Y fue en Polonia donde le llegó su gran apoteosis, ¿verdad, cariño? —apuntó Joan, apartando con suavidad su copa de brandy antes de que Philip se la volviera a llenar, y sustituyéndola por un vaso de agua.

—¡Totalmente cierto, Joan! Los polacos lo pusieron en un pedestal —declaró él con alivio—. Un año en Gdansk, y el mensaje comunista se le convirtió en la mayor estafa desde la invención de la religión. Y, mejor

134

aún, no se lo dijo a nadie ni a ninguno, hasta que volvió a París por Navidades y se lo susurró a Ania en la cama. Una chica maravillosa, ¿verdad, cariño? Bailarina. Exiliada polaca. Daba gusto verla, con unos ovarios tremendos, y adoraba a Florian todo entero. ¿Verdad, cariño? ¿Verdad?

—Tú perdiste la chaveta por ella —replicó Joan secamente—. Menos mal que ya la tenía controlada Teddy.

—¿Y vosotros diríais que Ania fue indirectamente responsable del reclutamiento de Florian? —preguntó Proctor, apuntando algo sin sentido en su bloc de notas.

—¡Mira esto!

Apoyándose con ambas manos en su bastón, Philip se había puesto en pie y se había situado junto a la ventana, usurpándole el papel de conferenciante a Proctor:

—Lo que tus adláteres y tus *adláteras* tienen que entender es que el agente Florian era un absoluto fuera de serie, un regalo del cielo. Nunca encontrarán otro gregario tan comprometido, con unas credenciales tan absolutamente *kosher*. Tenía un pasado comunista de cinco estrellas, limpio como una patena, lo miraras por donde lo miraras. Estaba en su lugar, en la diana, con una cobertura totalmente establecida como profesor universitario menor, y una documentación perfecta.

—Y, otra vez, ¿cuál fue el papel de Ania en todo esto? —le recordó Proctor.

—La familia de Ania era clave en la resistencia polaca. A un hermano lo torturaron y luego le pegaron un tiro, por las molestias. Otro hermano pudriéndose en la cárcel. Ania estaba en París cuando los detuvieron, y allí se quedó. Barnie trabajaba en el ambiente de los emigrados polacos, y así fue como conoció a Ania. Florian se le metió solo en el bolsillo, como quien dice. Los agentes de primera categoría no suelen venirnos tan fácilmente —dijo Philip, regresando a su arcón indio como quien da por terminada su participación.

—¿Y su trabajo, Philip? —apuntó Proctor, marcando una nueva casilla—. ¿Podríamos traérnoslo para algún seminario de vez en cuando? En algún sitio calificas a Florian de nadador de profundidad. A mis pupilos les fascinaría saber lo que quieres decir con eso.

Larga meditación, seguida de una súbita exhortación:

—Sentido común. Hagas lo que hagas, no te limites a seguir la corriente. Vete a lo hondo. Detecta bien el olor. No vayas solo si puedes integrarte en la multitud. Si tienes una *treff* en Varsovia y hay un autobús de la facultad, cógelo. Presta tu máquina de escribir. Presta tu Lada, si tienes un Lada. Deja que te hagan algún favorcillo a cambio, pero nunca lo fuerces. Si alguien va a Poznań a hacerle una visita a su anciana madre, ¿tendría la bondad de llevarle este libro, esta caja de bombones, a un amigo tuyo? Todo eso ya se lo sabía de memoria Florian de antemano. Nosotros nos limitamos a decirle cómo utilizarlo. No le hizo ningún bien, a fin de cuentas. Nada le hizo ningún bien. Las redes tienen una vida útil limitada. Se lo dije cuando entró. Un día se venderá todo abajo, así que estate preparado. No me escuchó. No era ese tipo de gregario.

Era el momento que de mutuo acuerdo habían ido aplazando. A Philip se le había desplomado la cabeza, y tenía las manos rígidamente agarradas en el regazo, como un mono. Joan, más controlada, se revolvía el pelo y miraba hacia la iglesia por el ventanal de la terraza interior.

—Lo sobrecargamos de trabajo, joder —rompió Philip con amargura—. Nunca te pases con tu gregario. Regla número uno. Se lo dije a la Oficina Central. No me escucharon, pensaron que me había dejado influir por la situación local: Estás exagerando, Philip. Lo tenemos controlado. Tómate un descanso. Joder.

Aplacado por su propio arrebato, Philip le aplicó una palmadita de consuelo a Chapman, que había levantado la cabeza sobresaltada. Luego volvió a empezar en tono más tranquilo:

—Hasta que Florian apareció en escena —dijo—, la Estación de Varsovia estuvo totalmente descontrolada.

»Tres días jugando al gato y al ratón para hacer pasar una simple carta por el sistema interno de correspondencia. Cada empleado local de la embajada era un vegetal por definición. Todos los demás, desde el gato de la embajadora para arriba, hacían seguimientos, vigilaban y daban el coñazo veinticuatro horas al día. Entonces, oh, gloria pura, aparece de la nada ese discreto y pulcro agente ejecutivo de Gdansk, deseando que le dieran trabajo cuanto antes.

Otro arrebato, tan vehemente como el primero.

—Se lo dije a la Oficina Central, una y otra vez: No podemos esperar que Florian llene y vacíe todos los casilleros muertos, de Gdansk a Varsovia. No podemos esperar que se ocupe de todos los subagentes y que repase nuestros libros. Hay cola de polacos para servirnos de espías, les dije. No será porque no tengamos donde elegir. Pero si le apretáis tanto las tuercas, todo el castillo de naipes acabará derrumbándose. Y se derrumbó. Nuestros dos mejores gregarios detenidos la misma noche. Otro, a la mañana siguiente. No son conscientes unos de otros, pero la flecha va a señalar a Florian en cualquier momento. Tenemos preparado un plan de exfiltración bastante apañado: una furgoneta desvencijada en un garaje abandonado, con un hueco oculto tamaño persona. Nada original, pero lo habíamos probado y funcionaba. Le mando un mensaje de incidencia: Florian, preséntate en Varsovia ya. Sin respuesta. Dos días más tarde aparece y se pone a despotricar. Dice que es su Polonia, que prefiere hundirse con el barco. Te lo dije, le digo, algún día va a salir volando el globo, y ya ha ocurrido. De manera que cierra la boca y métete en el ataúd. Diez horas después está en una casa de campo de Devon, llorando a moco tendido y diciendo que todo ha sido culpa suya, por imbécil. Pero jamás fue culpa suya. Su desempeño era de primera, ni una puntada mal dada. Fueron nuestras señales las que lo estropearon todo. Le daba igual, todo era culpa suya. Así era él, esa clase de persona. Y agradecería mucho que les pasases este mensaje a tus pupilos: si los de la Oficina Central están matando de trabajo a tus gregarios, no les digas sí, señor, no, señor, no quieres caldo, pues taza y media; diles que se vayan al puto infierno.

—Joan —dijo Proctor—. Te toca a ti.

Era demasiado pronto, sin embargo. Acababa de estallar una disputa conyugal. El responsable era Proctor. Había preguntado —pudo dar la impresión de que lo hizo por pura curiosidad— en qué momento se había esfumado la relación amorosa entre Edward y Ania, y si estaba terminada cuando Edward regresó a Inglaterra, y si apareció en escena Deborah para desmotivarlo.

Para Philip, la pregunta sobraba: la relación había seguido su curso, Edward se había hecho visible, Ania se había hartado de la separación. Su pasión era el baile, y el mundo estaba lleno de hombres. Ergo, cuando la Oficina Central puso en marcha su rutina *post mortem* sobre cómo la red se había desenredado (un pajolero despilfarro de dinero público, según Philip), Edward estaba «errabundo y solitario»,* presa fácil para Deborah o cualquier otra chica que anduviera a la caza.

Joan discrepó con vehemencia:

* Fragmento del poema «La Belle Dame Sans Merci», de John Keats. *(N. del t.)*

—Y un huevo, cariño. Ania adoraba a Teddy, y si él le hubiera silbado habría acudido desde donde estuviera, con baile o sin baile. Teddy llegó a Inglaterra hecho trizas. ¿Era el pobre muchacho polaco que había enviado a sus amigos al paredón, o el héroe británico que regresa a casa, como le decía Deborah? Dos semanas se pasaron los analistas con él, encerrados en una exquisita casa de campo inglesa con todas las comodidades modernas: y con Deborah enjugándole la frente y diciéndole que era el mejor agente ejecutivo que el Servicio había tenido nunca. De juego limpio, nada.

—Y Deborah era en gran medida la reina de Europa del Servicio de aquel momento —le recordó Proctor—. Si Deborah decía que Florian era una estrella, así era en gran medida como lo veía el Servicio, supongo.

Pero Joan no había terminado con Deborah aún:

—Se lo llevó a la cama cuando todavía andaba por ahí sonámbulo, infringiendo todas y cada una de las reglas del libro.

Joan estaba en lo cierto, a pesar de todos los refunfuños de Philip. La ética del Servicio establecía una fosa infranqueable entre los profesionales internos y los de campo. La Oficina Central había hecho una excepción en el caso de Deborah y Florian.

Pero Philip necesitaba su última palabra:

—¡Se enamoró de ella, coño, Joan! Ella era su Britannia. —Ignorando el bramido de risa que soltó Joan—. Es eso lo que hace. Ajusta una mujer real a una imagen pre-

140

via que él tiene y luego se enamora como un loco de la imagen. Deborah era británica hasta los tuétanos, el no va más de leal, guapa y rica. Edward tuvo muchísima suerte.

Puede que Joan se dejara convencer por este aserto, pero Proctor no captó ningún indicio de que así fuera.

Las palabras con que Joan abrió el nuevo capítulo, dichas para un público más amplio, tuvieron resonancias wagnerianas:

—¡Bosnia! Quiera Dios que no haya otra, era lo que decíamos. De mucho sirvió rezar. Seis nacioncitas disputándose la herencia de Papá Tito. Peleando todas ellas en nombre de Dios, todas ellas queriendo ser el perro más mordedor, sin hacerse ninguna concesión entre sí. Todas cargadas de razón, como de costumbre, y todas haciendo guerras que sus abuelos ya habían hecho, y perdido, dos siglos antes.

Historias de horror que reclamaban fe a gritos, no hará falta que lo diga. Mutilaciones, crucifixiones, empalamientos, masacres aleatorias y al por mayor, con especialidad en mujeres y niños. Deborah había dado por supuesto que sería espantoso, pero no esperaba que aquello fuese una mezcla de la guerra de los Treinta Años y la Inquisición española. Lo pactado, según órdenes de la Oficina Central, era sencillísimo:

—Phil haría de enlace entre las incontables agencias

de inteligencia que iban atropellándose unas a otras según caían, incluidos los altos mandos de servicios secretos beligerantes de la antigua Yugoslavia, algo que habría sido tarea más que suficiente para cualquier persona. También tenía que tratar con el mando de las Naciones Unidas y los representantes de la OTAN, más unas cuantas ONG selectas, para tenerlas al corriente de los enfrentamientos y de las zonas de peligro extremo.

»De modo que así, en general, lo que ocurrió fue que actuaste abiertamente, ¿verdad, cariño? Cuanto más abiertamente actuaras tú, mejor para la pobrecita yo, que no era más que la tontorrona de tu mujer, que para lo único que valía era para hablar con el caballero que tuviera sentado a la derecha en los banquetes.

—Exceso de equipaje, parásita total, lo primero que tendrían que haber hecho es no dejarte ir a Belgrado —confirmó Philip, muy orgulloso—. Engañaste a todo el mundo todo el tiempo. Te faltó poco para engañarme a mí también. —Tras lo cual soltó un ¡ah! de placer recordado y se dio el enorme gusto de toquetear la oreja de Chapman con el pie.

Y mientras Philip actuaba al descubierto, el primer trabajo de Joan como número dos bajo cubierta fue agrupar las fuentes vivas de la Estación que quedaban de los tiempos de Tito: serbios, croatas, eslovenos, montenegrinos, macedonios, bosnios, muchos de ellos todavía en nómina, lo creáis o no; también, en una situación muy parecida a la que tuvo que resolver Philip en Varsovia, su necesidad más acuciante era encontrar un agente ejecutivo que pudiera incorporarse cuanto antes.

Nada tuvo de extraño, pues, que el nombre de Florian volviese a estar sobre la mesa. No en vano, en una vida anterior, había ejercido como joven docente en la propia Universidad croata de Zagreb.

¿No cabía esperar que algunos de sus antiguos alumnos y colegas ocupasen ahora elevadas posiciones en sus respectivos países?

¿No hablaba Florian un croata inmaculado?

¿Y no sería, como medio polaco y camarada eslavo, más abordable —más sexi, como dijo Joan— para las partes contendientes que cualquier británico de pura cepa? Bastaba con poner énfasis en la parte polaca de Edward, dosificando la británica, para que volviera a ser un regalo del cielo para la sobrecargada Estación.

Pero ¿entraría Florian en el juego? ¿No habría quedado agotada su reserva de valentía tras el fracaso polaco? ¿Lo habría convertido en otro hombre la paternidad? Y, sobre todo, ¿toleraría la Oficina Central la readmisión de un antiguo agente de campo que ahora estaba casado con una de los miembros más valorados del Servicio? Pues sí, sorprendentemente, en opinión de Joan, lo toleró. Quién tiró, quién aflojó, ella nunca lo supo con certeza, pero dijo tener una idea bastante aproximada:

—La hija era aún muy joven. Edward la adoraba, pero no se le daban bien las bicicletas y los ositos. Eran ricos. Tenían niñeras. Después de Polonia, el Servicio había proporcionado unos cuantos trabajos a Edward: entregas, sustituciones en estaciones de ultramar cuando alguien se iba de permiso, estrategias variables de reclutamiento. Y ¿qué hacía Deborah mientras? Ocupadísima cambiando de trabajos. Lo suyo siempre ha sido la profesión. Ponerse al día en Oriente Medio, su nuevo juguete preferido, e inaugurar un laboratorio de ideas angloamericano, mientras el pobre Edward se moría de asco en casa, rascándose la barriga a contrapelo y llevando a su hija al zoo.

Acordaron que fuese Philip quien hiciera el acercamiento. Florian podía estar desechado, pero Philip había seguido su desenvolvimiento en Polonia. Con total deferencia a su mujer, retomó al poco tiempo el relato:

—Volé a Londres y fui a verlo. Idea de Joan. A su casa. La de ella, supongo. Hacía sol. Un edificio grande, estilo eduardiano. Y ahí estaba él, sentado delante de la tele, mirando la guerra. La niña también. No había de qué sorprenderse, conociendo a Florian. Sabía que yo iba a ir, y había montado la escena. Nos tomamos un whisky, le pregunté que cómo estaba, y él me dijo ¿Cuándo empezamos? Así de sencillo. Sin necesidad de retorcerle el brazo ni de hablar de dinero o de pensiones, nada de eso. Solo le interesaba quiénes eran las fuentes y a quiénes se podía activar de inmediato. Le dije que se lo preguntara a Joan: A partir de este momento, tu jefa va a ser Joan, no yo. Yo solo soy otro avatar de Belgrado. No puso la menor pega. Le caía bien Joan. La había conocido durante sus R & R, permisos de descanso, y confiaba en ella, o sea que ningún problema. Más bien al contrario, le gustaba tener a una mujer al mando, para cambiar un poco. Sobre todo guapa. Ahí lo tienes. Está poniéndose colorada. Lo que él verdaderamente quería saber era: cómo de rápido podía echarse a la calle y hacer que se notase la diferencia. Sé lo que vas a decir, cariño: lo único que quería de verdad era estar lejos de Debbie. No es cierto, mira. Volvía a tener una causa. Lo único que le importaba, siempre.

—Y ¿la causa era...? ¿Me lo dices tú? —preguntó Proctor, manteniendo a raya a Joan durante un momento más.

—Ah, sí, la paz, sin duda alguna —contestó Philip rotundamente—. Pararlo todo ya. Parar a los fascistas. En Bosnia los había a manta. Nunca subestimes al padre de Florian. Nunca subestimes el pasado comunista de Florian. ¿Cuál fue el único sabio consejo que te di, Joan? Un radical es un radical. Excomunista, exloquesea, da igual. Es el mismo individuo. No cambias tu modo de razonar porque haya cambiado tu conclusión. Cambias la conclusión. Es la naturaleza humana. Puedes aplicarles esta advertencia a tus pupilos, Stewart, ahora que lo pienso, si son partidarios de reclutar exfanáticos. Nunca olvides lo que han sido, porque siguen teniéndolo dentro, en alguna parte.

Lo primero que se planteó, evidentemente, dijo Joan, fue la cobertura de Florian. Eso no era la Polonia comunista. Eso era Yugoslavia en plena desintegración, y el país estaba tan rebosante de toda clase de bichos raros, traficantes de armas, evangelistas, contrabandistas de personas, contrabandistas de drogas, turistas de guerra, periodistas y espías del mundo entero, que solo las personas normales resultaban sospechosas.

Lo que más abundaba sobre el terreno eran las agencias humanitarias de todos los colores y creencias, y la Oficina Central decidió que el hábitat más natural para Florian no sería una agencia británica ni polaca, sino una alemana, donde podía contar con más simpatía por parte, sobre todo, de los croatas. Dado que pertenecía parcialmente al Servicio, acreditar a Edward en una agencia humanitaria alemana no fue mucho problema. Empezaría en Zagreb, donde había sido profesor.

—Pero Florian no se quedaba quieto en ningún sitio —afirmó Joan sombríamente—. Si hubiera cobrado por kilómetro recorrido, habría dejado al Servicio en la ruina. Se echó encima de todo el mundo, sus antiguos alumnos y amigos, y sus nuevos mejores amigos, donde estuvieran. No importaba quiénes fueran, con tal de que se dejaran exprimir, cuanto más rancios mejor. Y, puedes creerme, había por ahí unos tipos fascinantes. Llamándolos fascistas nos quedamos cortos. Quienes mejor se le daban eran los serbios. Cantaba con ellos, se volvía loco con sus poemas heroicos y no se cansaba de

146

escuchar que su misión divina era matar a todos los musulmanes, hombres, mujeres y niños, por la sagrada causa de la *serbitud*. Luego, bang, su informe por radio, o de palabra, quedando conmigo en un pueblo perdido de montaña.

—¿Y con los bosnios, los musulmanes? —preguntó Proctor.

Joan no era tan perturbable como su marido, pero en este caso dudó, poniendo una de esas caras que auguran malas noticias:

—Bueno, los musulmanes iban a ser las víctimas en todos los casos, ¿no es verdad? Eso estaba en la letra pequeña desde el principio. Y a Edward, por ser Edward, le encantaban las víctimas. Así quedó montado el escenario —dijo, como contándoselo al pequeño huerto, mientras se atusaba el pelo.

—Hubo dos o tres señales de alarma, creo recordar —apuntó Proctor, no muy seguro, rompiendo el silencio—. Señales que mis pupilos harían bien en considerar cuando les preocupen las cositas que hacen sus agentes, como nos pasa a todos. ¿Un par de ejemplos, Joan? —Con la pluma en alto.

—De la primera señal, si así quieres llamarla, ya dimos parte a la Oficina Central en cuanto ocurrió: a Florian le molestaba extraordinariamente que su material serbio fuera a parar a Londres y a los norteamericanos, en vez de ser entregado directamente a los bosnios. Según Florian, Londres no les pasaba dicho material a los bosnios con la rapidez suficiente para que estos pudieran precaverse de la matanza siguiente. Tuvo incluso el valor de sugerir que era intencionado, un verdadero disparate. Y Londres no iba a ceder un palmo en eso, no habría podido aunque quisiera: no es concebible que los agentes de campo les pasen su material a los beligerantes locales. ¿Y qué pasa con la Relación Especial de Reino Unido? ¿O con la OTAN? Y eso fue lo que le dije a Edward: Pero ¿qué se te ha metido en la cabeza? Somos parte de una alianza, para lo bueno y para lo malo. Lo que yo no sabía, lo que no sabíamos ninguno, era que el hombre se había enamorado perdidamente de una familia entera, una familia de los montes, no alineada. Laica, algo, para Edward, casi mandatorio, pero profundamente enraizada en las tradiciones musulmanas, y al servicio de una ONG árabe. Pero no hay modo de tener controlados todos los aspectos de la vida privada de un agente, ¿o sí?

—Absolutamente ningún modo —aceptó Philip con brusquedad, perdido en sus propios pensamientos.

—O sea, ¿cómo íbamos a haberlo sabido? Solo podríamos habernos enterado si nos lo hubiera contado el propio Florian. Eso mismo le dije a la Oficina Central. ¿Qué podía hacer yo, desde la Estación de Belgrado, con Florian triscando por los montes?

—No, puñetas, no había nada más que tú pudieras hacer, cariño —le aseguró Philip, alargando el brazo para cogerle una mano y apretársela.

Solo conocí el sitio en su estado posterior, está diciendo Joan. Y molestó a Proctor pidiéndole que lo tuviera en mente. Cuando no era más que otro montón de escombros bosnios y muchas tumbas.

Pero ese pueblo era el sitio especial de Florian. Era un lugar que había hecho suyo y al que podía volver cada vez que tenía ocasión. En aquel momento, eso era todo lo que ella sabía. No era secreto, solo muy personal. En las dos o tres ocasiones en que Florian lo mencionó, acuclillado en la trasera de un camión auxiliar, seguramente mientras Joan le pasaba información, no era tanto del pueblo de lo que hablaba como de su gente.

Pero, la verdad, Joan nunca prestó demasiada atención ni al pueblo ni a nadie. Lo que más le importaba era que Florian estuviera bien, concertar la cita siguiente, sacarle la información y canalizarla hacia Belgrado.

Según lo describía Florian, era un pueblo como cualquier otro pueblo bosnio, incrustado en un pliegue entre montañas, a un día de coche de Sarajevo. Tenía una mezquita y dos iglesias, una católica y otra ortodoxa, y ocurría a veces que las campanadas de las iglesias se mezclaban con la voz del muecín, y a nadie le molestaba, algo que a Florian le parecía maravilloso.

—Jamás le habrías hecho reconocer que la religión pudiera hacer mejor a nadie, pero en este caso, al menos, no se destripaban entre ellos, o sea que ¡viva todo! Cuando celebraban algo, todos cantaban las mismas canciones y se agarraban la trompa con los mismos matarratas.

O sea que sí, reconoció Joan, un sueño de pueblo, pero solo en el sentido de que sus habitantes vivían juntos del modo en que las comunidades bosnias se las habían apañado para vivir juntos durante quinientos años, mucho antes de que todos perdieran la chaveta.

—A ojos de Florian, lo que hacía un paraíso de ese pueblo en concreto era la maravillosa familia que lo tenía alojado, algo que me pasó prácticamente inadvertido entonces. Había ido a parar a la localidad con la remota esperanza de obtener información sobre la capacidad operativa de las tropas locales, y de pronto ahí estaba, sentado a una mesa familiar civilizada, con una bella pareja jordana y su hijo adolescente, analizando los detalles más sutiles de la novela decimonónica francesa. No quiero dar la impresión de que nada me importa, pero ese tipo de sucesos demenciales eran moneda corriente. Todo el mundo tenía entonces por lo menos una experiencia de las que te cambian la vida, cuando no cinco. O sea que no, que no escuché con la suficiente profesionalidad mientras a Florian se le caía la baba con su familia de ensueño. Me interesaba más lo que tuviera que decir sobre los movimientos de tropas —dijo Joan.

—Y con mucha razón —murmuró Proctor aprobatoriamente, mientras tomaba nota.

Joan está llevando la cuenta con los dedos. Esto es lo que descubrimos cuando ya era demasiado tarde. La minuciosa reconstrucción *a posteriori* que efectuamos a petición de la Oficina Central. ¿Iba demasiado deprisa para Stewart?

No, Joan, lo estás haciendo muy bien.

—Un médico jordano. Faisal de nombre. Estudió y se tituló en Francia. Una mujer jordana, esposa del supradicho, llamada Salma, graduada por las universidades de Alejandría y Durham, aunque te cueste creerlo. Un chico de trece años llamado Aarav, hijo de ambos. Tiene trece años y estudia en Amán, pero está de vacaciones, y lo que él quiere es ser médico, como su padre. ¿Has apuntado eso?

Proctor lo había apuntado.

—Faisal y Salma llevan un centro médico bajo los auspicios de la ONG no alineada, sostenida con fondos saudíes. Su centro médico está en un monasterio abandonado en las afueras del pueblo. El monasterio tiene, o tenía, un refectorio, un potrero atravesado por un arroyo. O sea, un idilio de cinco estrellas. Salma, la mujer, es una extraordinaria organizadora, según Edward, y ha convertido ese refectorio en un hospital de campaña. El marido, Faisal, goza de la diestra asistencia de médicos de campaña que le proporciona la misma ONG árabe. Todos los días, a última hora, llegan las camionetas y descargan los heridos. Los enfrentamientos más fuertes se producen en Sarajevo, pero también se combate en los montes. El pueblo cree ser un santuario, por la clínica. Error.

Pasada la medianoche en un Belgrado relativamente tranquilo. Joan y Philip en la cama. Joan está recién regresada de un viaje de trabajo. Florian lleva días sin ponerse en contacto, pero eso no significa nada. Su última *treff* conocida fue con un coronel de artillería serbio. El resultado fue suficientemente bueno para granjearle un *heroegrama* de la Oficina Central. El teléfono verde suena en su mesilla de noche: exclusivo para agentes, y solo *in extremis*. Joan, que es la agente jefe de la Estación, atiende la llamada:

—Oigo una voz ronca: Soy Florian. ¿Florian?, digo al contestar. ¿Quién es Florian? Nunca he oído hablar de ti. Quiero decir: la idea de que podría haber sido Edward, en ese momento, ni siquiera se me pasó por la cabeza. No sonaba a Florian. No estaba segura ni de que supiese su propio nombre en código. Mi primera idea fue que a Florian lo tenían de rehén y que ese hombre era quien lo había hecho prisionero. Luego oigo: Se acabó, Joan, en una voz totalmente plana, extranjera. Philip escuchaba por la extensión en ese momento, ¿verdad, cariño?

—Lo único que se podía hacer era conseguir que siguiera hablando —replicó Philip—. Conoce a Florian. Conoce a Joan. O sea que el muy jodido se trae algo entre manos. Le hice seña a Joan de que lo mantuviera al aparato. —Gesto giratorio de índice y pulgar—. Que siga hablando mientras consigo que el operador localice la llamada.

—Que, claro está, era exactamente lo que yo estaba haciendo ya —dijo Joan—. Pensé en plantarle cara. ¿Quién es Joan?, le dije. ¿Qué es lo que se acabó? Dime quién eres y te diré si has llamado al número correcto. Luego, de pronto, es Edward. Y esta vez sé que es Edward porque no está siendo polaco ni nada parecido, es su propia voz. Los han matado, Joan. Han matado a Faisal y al chico. Y yo le digo: Qué espanto, Edward, ¿dónde estás ahora, por qué llamas por esta línea? Y me dice que está en el pueblo. ¿Qué pueblo?, le pregunto. Su pueblo. Y por fin le saco el nombre.

Lo que Joan hizo a continuación fue tan extraordinario —y perdió tanta fuerza en su sucinto relato— que Proctor necesitó un momento para captar su pura y simple audacia. En compañía de un intérprete, un conductor y un sargento de Fuerzas Especiales de paisano, se adentró en los montes. A última hora del día siguiente encontraron el pueblo, lo que quedaba de él. Habían echado abajo la mezquita y reducido a escombros todas las viviendas. En el cementerio había un viejo mulá acuclillado entre las sepulturas.

—¿Dónde está tu gente? —le preguntó Joan.

Se los llevó a todos el coronel serbio. Los serbios los hicieron caminar en fila india a través de un campo de minas. Tenían que ir pisando por donde habían pisado los de delante, si no querían quedarse sin piernas.

¿Y el médico?

Muerto. También el hijo. El coronel serbio primero habló con ellos, luego los mató a tiros, por haber curado a musulmanes.

¿Y la mujer? ¿También mató a la mujer, el coronel?

Había un alemán que hablaba serbio, pero llegó demasiado tarde para salvar al médico y su hijo, dijo el viejo mulá. Era un alemán que venía con frecuencia al pueblo y se alojaba en casa del médico. Primero, el alemán razonó con el coronel en serbio. El coronel y el alemán eran como viejos amigos. El alemán era hábil discutiendo. Hizo creer al coronel que deseaba quedarse con la mujer. Eso le pareció muy gracioso al coronel, que agarró a la mujer por el brazo y se la entregó al alemán, como si fuera un regalo. Luego dio orden a sus hombres de que volvieran a los camiones, y se marcharon.

¿Y el alemán?, preguntó Joan, ¿qué fue de él?

El alemán ayudó a la mujer a enterrar a sus muertos. Luego se la llevó en su jeep.

Philip había decidido que Proctor descansara un poco antes de irse y, de paso, que fuese a echarle un rápido vistazo a su madriguera. Con Chapman abriendo camino, bordearon el diminuto huerto y entraron en una caseta de jardinería con una mesa, una silla y un ordenador. Clavada a la pared de madera había una foto de grupo del equipo de críquet del Servicio, año 1979. Una ristra de ajos colgaba de una viga, secándose. Alineadas en la pared había macetas de barro con dos tipos distintos de calabacines.

—El caso es, chico, ahora que estamos solos, no se lo digas a tus pupilos, si no quieres perder tu pensión..., el caso es que no hemos hecho gran cosa por alterar el curso de la historia humana, ¿verdad? —dijo Philip—. Aquí, entre viejos espías, de mí pienso que habría sido más útil dirigiendo un club juvenil. No sé tú.

Cada uno de los negocios o tiendas de la calle principal que el observado frecuenta regularmente.

Cualquier comerciante con quien el observado haya trabado amistad o a quien se haya tomado la molestia de hacerle un favor. Cualquier favor que le hayan devuelto al observado.

Cualquier ocasión en que el observado le haya pedido prestado el teléfono o el ordenador a alguien. Registro de todo el tráfico de entrada y de salida.

Pero, Billy, hagas lo que hagas, por favor, joder, no espantes la liebre.

8

Julian se probó un traje azul hecho a medida, decidió que era demasiado City y optó por una chaqueta sport a cuadros. Luego consideró que la chaqueta sport era demasiado llamativa y la sustituyó por un blazer azul oscuro, pantalones grises de franela y una corbata de topos, de punto de seda, comprada en Mr Budd, el camisero de Piccadilly Arcade, resto de su pasado derrochador. Se anudó la corbata, la desanudó, se la quitó y se la metió en el bolsillo del blazer. Estaba haciéndose el nudo por enésima vez, sin dejar de darles vueltas a las cuestiones insolubles que venían acosándolo desde su llamada telefónica de cuarenta y ocho horas antes:

—Aló. —Voz de mujer. Al fondo se oye música de rock muy alta. Se apaga la música.

—Sí. Me llamo Julian Lawndsley...

—Estupendo. Es usted el librero. ¿Cuándo desea venir?

No puede ser Deborah quien habla. ¿Es el pañuelo del *Doctor Zhivago*?

—Bueno, si le parece a usted bien el jueves...

159

—El jueves está bien. Se lo diré a mamá. ¿Le gusta el pescado? Papá lo aborrece, pero es lo único que ella puede comer. Yo soy Lily, por cierto. La hija —modulando el tono para sugerir que las hijas son la perdición.

—Pues hola, Lily. Yo como de todo —dice Julian, recuperándose de la revelación de que, tras Dios sabe cuántas horas pasadas en contacto estrecho con Edward, acababa de enterarse de que Deborah Avon tenía una hija, o, para el caso, Edward. Una chica cuya voz, a diferencia de los tonos de su padre, escogidos a mano, era fresca y decidida, observó.

—¿A las siete le parece bien? —le estaba preguntando—. Mamá prefiere temprano. Más de una hora no puede aguantar.

—A las siete está bien.

Y no fue Lily el único misterio de su vida diaria. Los dos portátiles de la librería habían desaparecido, uno del almacén, el otro del sótano. La policía, cuando al fin acudió, no pudo hacer más que el propio Julian.

—Un trabajo profesional —fue lo único que apuntó el sargento de paisano—. Es una banda de tres individuos, como mínimo. Uno para crear distracción, dos para hacer el trabajo. ¿Recuerda usted si hubo alguna señora con un ataque de histeria, o un niño diciendo que se había perdido? No. Mientras efectúan la distracción, el cómplice A se cuela en su almacén y se despacha a gusto, mientras el cómplice B baja por la escalera al sótano y hace lo mismo. ¿Recuerda alguna señora con un aspecto muy voluminoso? —Y bajando la voz hasta el susurro—: No pensará usted que ha sido alguien de dentro, ¿no? Su empleado, Matthew, ese que está ahí. No tiene antecedentes, que yo sepa, pero por algo hay que empezar, ¿verdad?

Lo más raro de todo quizá fuese la reacción de Edward cuando llegó esa misma noche y Julian le comunicó que había desaparecido el ordenador con su preciosa correspondencia sobre la biblioteca de clásicos. Nada se alteró en su rostro, nada en su cuerpo. Y, sin embargo, a juzgar por la cérea inmovilidad de su mirada, igual podría haber estado escuchando su sentencia de muerte.

—Los dos —confirmó Julian—. Y doy por supuesto que no habías hecho ninguna copia.

Movimiento de cabeza.

—Pues parece que lo hemos perdido todo. Pero tenemos la lista en papel, y arriba hay un ordenador con el que se podrá trabajar. Una vez que hayamos rescatado todo lo rescatable.

—Excelente —dijo Edward, recurriendo a su habitual capacidad de recuperación.

—Y tengo una carta para ti —se la entregó—, de Mary.

—¿De quién?

—Mary. La señora de Belsize Park. Te ha contestado. Ahí la tienes.

¿Tenía olvidado Edward que Julian había hecho entrega de una carta vital en su nombre?

—Ah. Gracias. Muy amable. —No quedó claro si el amable era Julian o la señora sin nombre.

—Viene con un mensaje. Tengo que darte un mensaje verbal. ¿Estás listo?

—¿Hablaste con ella?

—¿He cometido algún pecado?

—¿Durante cuánto rato?

—Ocho o nueve minutos en total. En el café restaurante de al lado. La mayor parte del tiempo se lo pasó escribiéndote.

—¿Hablasteis de algo sustancial?

—No, no lo llamaría así. Solo de ti, en realidad.

—¿Cómo estaba?

—Eso es lo que ella quería que supieras: que está bien. Está serena. En paz. Así lo dijo. Está guapa también. Eso no lo dijo ella, te lo digo yo.

Fue solo un instante volandero, pero en el tenso rostro de Edward brilló su sonrisa familiar.

—Te estoy muy agradecido —dijo Edward, asiendo ambas manos de Julian, apretándoselas y soltándolas a continuación—. Gracias de nuevo. Muchas veces gracias.

Dios del cielo, ¿esas lágrimas son auténticas?

—Con tu permiso. —Queriendo decir: Con tu permiso voy a leer esta carta en paz, mientras Julian se aparta un poco.

Pero Julian no estaba totalmente dispuesto a hacerlo:

162

—Por si no lo sabes, voy a cenar en tu casa mañana.

—Será un honor para nosotros.

—¿Por qué no me has dicho que tienes una hija? ¿Tan espantosa es mi reputación? No me lo creía. Era... Era ¿qué? Nunca lo supo.

Los ojos de Edward se habían cerrado al mundo. Exhaló un largo y profundo suspiro. Por primera vez desde que Julian lo conocía, fue, solo por unos segundos, un hombre que ya no aguantaba más. Al fin, para su alivio, vinieron las palabras:

—Durante unos años, con gran pena por mi parte, nuestra hija, Lily, decidió vivir su vida en Londres. Nuestra familia nunca ha estado tan unida como a mí me habría gustado. Le fallé. Para gran alegría nuestra, ahora ha vuelto con nosotros, en la hora de necesidad de su madre. ¿Me dejas leer la carta?

Anudada a su satisfacción la corbata de Mr Budd, Julian sacó del frigorífico la botella de champán envuelta para regalo que había comprado esa misma mañana en la *delicatessen*, prefirió una vieja trinchera a la gabardina de la City, cerró con llave la puerta de la librería y, con una intensa curiosidad mezclada con horribles presentimientos, echó a andar por el habitual camino a Silverview. Ya en la pista sin asfaltar, pasó por delante de una desvencijada furgoneta blanca parada discretamente en la zona de aparcamiento, y vio a una joven pareja abrazándose con fervor en el asiento delantero. La cancela de la casa estaba abierta de par en par. La puerta principal se abrió sin darle tiempo a tocar el timbre.

—Eres Julian, ¿no?

—Y tú eres Lily.

Era pequeña y recia, con el pelo oscuro cortado a lo chico y la boca tensa. Llevaba vaqueros anchos y un delantal de cocina, a rayas y con los bolsillos en forma de corazones rojos. La primera mirada que le lanzó a Julian fue larga y clara: blazer azul, corbata de seda trenzada, bolsa de yute con el logo de Los Buenos Libros de Lawndsley. Tenía los profundos ojos castaños de su padre. Sin soltar la puerta a medio cerrar, se acercó un paso a Julian. Luego, en un pintoresco ademán de alivio, hundió las manos en los bolsillos del delantal y acercó el hombro al de Julian, en señal de compañerismo paritario.

—Y ¿qué llevas en esa bolsa, amigo? —preguntó.

—Champán. Muy frío y presto para la acción.

—Fabuloso. Mamá sigue oficialmente en tratamiento, ¿vale? Pero puede ocurrir cualquier día. Lo sabe, y no le gusta nada que le tengan lástima. Dice lo que piensa, y piensa mucho, o sea que puede pasar de todo, ¿sí? Es para que sepas en la que te metes.

La siguió escaleras arriba y, con una sensación de estar transgrediendo algún límite, entró en el cavernoso recibidor de una casa que, por decirlo en el idioma de los agentes inmobiliarios, llevaba tiempo en espera de mo-

164

dernización. En las paredes de su hija, cubiertas de papel pintado amarillento, marca Anaglypta, estaban expuestos los óleos agrietados de barcos en el mar y los barómetros antiguos del coronel, puestos en fila como soldados. La única fuente de luz era una rueda de hierro suspendida del techo y coronada de velas eléctricas goteando plástico amarillo. En el otro extremo del recibidor, una escalera curva de caoba, con asideros blancos para discapacitados, se alzaba en la oscuridad. ¿Era Beethoven lo que se oía?

—¡Mamá! —gritó Lily hacia arriba—. Está aquí tu invitado, y trae una botella de burbujas. ¡Ponte la pintura de guerra!

Y, sin esperar respuesta, hizo pasar a Julian por una puerta abierta que daba a un salón igual de cavernoso, con una chimenea de mármol llena de flores secas metidas en una urna de cobre.

Delante de la chimenea, dos sofás grises, puestos respaldo contra respaldo, como parapetos. En un recoveco con estanterías, nutridas hileras de libros encuadernados en cuero. Y, en el otro extremo de la habitación, una versión más del ya muy conocido señor Edward Avon de Silverview, en espera de ser descubierto, con una chaqueta de fumar color marrón desteñido y unas zapatillas a juego, de trenza dorada. Pulcramente peinado el blanco pelo, del que asomaban sendos cuernecillos detrás de las orejas.

—¡Mi querido amigo Julian! ¡Qué alegría y qué placer! —Ofreciéndole una mano hospitalaria—. Veo que Lily y tú ya os habéis presentado. ¡Excelente! Pero, cielo santo, ¿qué es lo que traes ahí? ¿Alguien ha dicho champán? Lily, cariño mío, ¿tu madre ha puesto ya en marcha su solemne bajada?

—Dos o tres minutos. Meto esto en el frigorífico y saco la cena. Cuando me oigáis gritar, venid corriendo. ¿De acuerdo, Tedsky?

—Perfecto, cariño mío, claro que sí.

Edward y Julian frente a frente. En la mesita de café que los separaba, una bandeja de plata con un escanciador y vasos. Y, en los ojos de Edward, algo que Julian no había visto hasta entonces: casi parecía miedo.

—¿Puedo tentarte con un jerez, Julian? ¿O quizá algo un poco más fuerte? Ni que decir tiene que en esta casa nadie está al corriente de tu viaje a Londres.

—Soy consciente de ello.

—Sí saben que estamos creando una sección de libros clásicos en tu excelente librería. Sugiero que mencionar el robo de los ordenadores podría suponer una angustia innecesaria, de modo que mejor obviarlo. Deborah puede ser hipersensible en determinados asuntos. Cualquier otro tema, por supuesto, queda totalmente abierto. A esta hora del día es cuando está más despierta.

El Beethoven de arriba había cesado, dejando solo los crujidos y susurros de una casa con ecos. Edward sirvió dos copas de jerez, le pasó una a Julian, se llevó la otra a los labios y la inclinó en un brindis silencioso. Julian hizo lo mismo con la suya. Como siguiendo la indicación de un apuntador entre bastidores, Edward retomó la conversación anterior a un nivel más alto:

—Deborah lleva mucho tiempo deseando esto, Julian. La prolongada vinculación de su padre con la biblioteca pública de la localidad es algo que tiene en muchísimo aprecio. El fideicomiso familiar sigue estando entre los principales donantes.

—Maravilloso —dijo Julian, dándole la réplica en tono elevado—. Es algo... —Iba a decir «impresionante», pero al oír ruido de cacharros procedente de la cocina, prefirió preguntar por Lily.

—¿Quieres decir en qué trabaja? —dijo Edward como pensándolo, como si se planteara esa pregunta por primera vez—. Por el momento, lo que hace Lily es cocinar. Y cuidar mucho de su querida madre, desde luego. Pero trabajar... —¿Por qué resultaba todo tan difícil?—. Su fuerte es el arte, diría yo. No exactamente las bellas artes que uno le desearía como padre, pero sí, su primer amor es un tipo de arte. Sí.

—¿Artes gráficas? ¿Arte comercial?

—Exactamente. De esa índole. Has acertado.

Los rescata la melodiosa voz de un hombre de las Barbados bajando por la escalera:

—Despacito, cariño, despacito... Un peldaño cada vez..., ahora..., así, muy bien... Con cuidado, con cuidado, cariño... Lo estás haciendo maravillosamente, así. —Y, tras cada indicación, un ruido de pisada.

Una pareja majestuosa baja del brazo por la gran escalera, como si estuvieran en su día de mayor esplendor: el novio es joven, negro y singularmente guapo, lleva rastas, y sus labios apenas se mueven mientras entona sus votos; la novia es esbelta y va toda de medianoche, con un cinturón de oropel y el pelo gris plateado haciendo alas a ambos lados de su rostro infantil, una mano en la barandilla, la punta de una sandalia dorada tanteando a ciegas el siguiente escalón.

—¿Es usted, maese Julian? —pregunta de pronto.

—El mismo que viste y calza, Deborah. Buenas noches, y muchas gracias por invitarme.

—¿Le han dado algo de beber? Aquí el servicio no es siempre como debería.

—Ha traído champán, cariño mío —le comunica Edward.

—Y ha podido usted encontrar tiempo que dedicarnos —prosigue Deborah, ignorando esto último—. Con los dolores de cabeza que debe de estar proporcionándole la librería. Los obreros de esta localidad son un desastre total, o eso me dicen. ¿No te parece, Milton?

—Sí que lo son —confirma el novio.

Edward está empujando a Julian al frente:

—Pero será mejor que prosigamos, creo yo. ¿Te parece bien, Milton? —pregunta, dirigiéndose a la escalera—. ¿La silla de la cabecera, la que está más cerca de la puerta?

—Me parece muy bien, Ted.

Edward de nuevo, con su voz paternal:

—Lily, cariño mío, ¿podrías bajar la música de la cocina antes de que tu madre huya escaleras arriba, por favor?

—Ay, sí, la bajo. Perdona, mamá. —La música se detiene.

Entran en otra habitación desolada. En una pared distante cuelga una estantería de baldas marrones ostentosamente vacías. ¿Las ocupó otrora una muy importante colección? La mesa está puesta en un extremo: servilletas de damasco, candelabros de plata, posavasos, faisanes, molinillos de pimienta. En la cabecera, el trono de Deborah, con su respaldo alto y sus almohadones de refuerzo en el asiento.

—¿Te echo una mano en la cocina, Lily, querida? ¿O solo te serviría de estorbo, como de costumbre? —dice Edward, dirigiendo su pregunta al pasaplatos y recibiendo por respuesta el ruido de la puerta del horno y un ¡joder! contenido pero audible.

—¿Puedo ayudar? —sugiere Julian, pero Edward está muy ocupado con el champán y Lily tiene otras cazuelas y sartenes que zarandear.

Deborah y Milton están ejecutando su ballet privado: Milton la sostiene por las muñecas, con el cuerpo echado hacia atrás. Con gracia y elegancia, Deborah se deja bajar hasta los almohadones.

—¿Fijamos a las nueve y media su hora de retirarse a descansar, señora? —pregunta Milton.

—Con lo cansado que es descansar, ¿verdad, Julian? —se lamenta Deborah—. Siéntese, por favor. Esfuércense otros, para que nosotros estemos sentados.

¿Está citando algún texto? Quizá sea que se pasan todo el rato hablando en citas. Julian se sienta. Ya está sintiendo una oleada de afecto por Deborah. O admiración. O amor. Es su madre y está muriéndose y su marido la engaña. Es bella y señora y valiente como una leona, y si no la amas ahora, luego ya será tarde. Edward está afanado colocando una copa de champán en los posavasos que cada uno de los comensales tiene delante. Deborah no parece darse cuenta.

—¿De acuerdo en que sean las nueve y media, Ted? —pregunta Milton a Edward, por encima de la cabeza de Deborah.

—Muy bien, Milton —dice Edward, colocando una copa en el posavasos de Lily.

Sale Milton de escena por la derecha.

—Tenemos un amante —confía Deborah a Julian, una vez cerrada como es debido la puerta—. Oculto en algún lugar del pueblo, donde no podemos saber. Tampoco podemos preguntar si es un chico o una chica. Lily me dice que sería de mala educación.

—Y eso es lo que es: puñetera mala educación —interviene Lily por el pasaplatos—. Albricias, mamá.

—Albricias, cariño. Y para usted, Julian.

¿No para Edward?

—¿Está usted instalado aquí, Julian, o mantiene un

pie nostálgico en Londres, por si acaso? —inquiere Deborah.

—De nostálgico nada, realmente, Deborah. No tengo ninguna gana de volver. Sigo teniendo un piso, pero estoy tratando de venderlo.

—Seguro que no le resultará difícil. El mercado inmobiliario está disparado, según leo.

¿Es a eso a lo que nos dedicamos cuando estamos muriéndonos? ¿A leer sobre casas en las que nunca viviremos?

—Pero ¿va usted todavía de vez en cuando?

—Ocasionalmente. —Aunque sin pasar nunca por Belsize Park.

—¿Solo cuando tiene que ir, o también cuando se aburre de nosotros?

—Cuando tengo que ir, porque ustedes nunca me aburren, Deborah —le sigue la corriente Julian, echándole valor, pero procurando no cruzar la mirada con Edward.

Está pensando en Mary. Lleva, desde el momento mismo en que puso los ojos en Deborah, comparando y diferenciando las dos mujeres de Edward. La competición es injusta. Donde Mary transpiraba calidez, Deborah solo transpira reserva.

Lily emerge de la cocina, primero para recolocar el cabello de su madre, que ha sufrido un perceptible trastorno en la bajada, luego para besarla en la frente, luego para beber otro sorbo de champán y luego para recoger tostadas y platos pequeños del pasaplatos, y finalmente para sentarse al lado derecho de Julian, mientras Edward trastea con platos y botellas en el aparador.

—Rábano picante para quien quiera —anuncia Lily—. El mejor de Sainsbury. ¿Vale, colega? —A Julian, acompañándose de un codazo en las costillas.

—Sensacional. ¿Todo bien por tu lado?

—Fetén, viejo amigo —informa en su mejor inglés de canción de remeros de Eton.

—Y anguila ahumada, cariño —exclama su madre muy contenta, como si la fuente no hubiera estado delante de ella desde que se sentó—. Mi favorito más favorito. Qué lista eres. Y con el champán de Julian para acompañarlo. Somos unos consentidos. Julian.

—¿Deborah?

—Su bonita librería nueva. ¿Saldrá adelante? No digo financieramente. Eso no es lo que está en juego. Usted es un ricachón, según me dicen. Pero ¿saldrá adelante como librería selecta en la comunidad? ¿Como hermana cultural de nuestra excelente biblioteca? ¿Aquí, en nuestra pequeña localidad, con sus turistas de fin de semana y sus forasteros?

Julian ya está plenamente dispuesto a contestar de modo afirmativo, pero la pulla aún no ha llegado:

—Quiero decir: ¿puede usted, con la mano en el corazón, decirme que una librería de obras clásicas es un atractivo adecuado para quienes podríamos denominar personas corrientes?

172

—Hará que funcione, mamá, créeme. ¿Verdad, Jules? Hay que estar pendiente de este chico. He visto su emporio. Es como los almacenes Fortnum, pero de literatura. Olvídate de nosotros, las personas corrientes. Los finolis caerán en masa.

Ya con la copa de champán vacía, Lily bebe un sorbo de vino blanco.

—Pero no, Julian, de veras: ¿hoy día, en nuestro tiempo? —insiste Deborah—. Quiero decir: ¿tiene usted la certeza de que Edward no lo está embarcando en algo sin ninguna posibilidad comercial? Se le da terriblemente bien manipular a los demás, cuando le conviene, sobre todo tratándose de hijos de antiguos amigos del colegio.

—¿Me manipulas? —le pregunta jovialmente Julian a Edward, que hasta entonces ha estado demasiado ocupado rellenando copas como para participar en ninguna conversación en metro y medio a la redonda.

—Absolutamente, Julian, sí —declara, con demasiado entusiasmo—. Me sorprende que no te hayas dado cuenta ya. Te obligo a tener la librería abierta a deshora. Tienes que dar acogida a un perro callejero como yo todas las tardes. A eso lo llamaría manipulación de primer grado, o ¿cómo lo llamarías tú, Lily?

—Pues ándese con ojo, no puedo decirle otra cosa —le advierte Deborah con frialdad—. O, si no, cualquier mañana se despertará usted en la más completa ruina, porque Edward le habrá hecho comprar los libros equivocados. ¿Es usted cristiano, Julian?

La respuesta se le hizo más difícil al darse cuenta de que Lily acababa de agarrarle la mano por debajo de la mesa; no tanto, en lo que se le alcanzaba, en un gesto de coqueteo, sino como podría haberse agarrado a una mano en mitad de una película horripilante que le resultara insoportable.

—No creo —responde juiciosamente, aplicando un apretón de ánimo a la mano de Lily y soltándola enseguida con suavidad—. No en el momento actual, no.

—Siente usted aversión por la religión organizada, sin duda, como me ocurre a mí. Así y todo, me he pasado la vida acatando las supersticiones de mi tribu, y tengo intención de que me entierren según sus ritos. ¿Es usted tribal, Julian?

—Dígame a qué tribu pertenezco, Deborah, y trataré de serlo —replica, sorprendiéndose al descubrir que la mano ha regresado.

—El cristianismo, para mí, no se refiere tanto a la religión como a unos valores que apreciamos. Y los sacrificios que hacemos para preservarlos. ¿Se ha fijado usted, por casualidad, en las medallas de mi padre que tienen expuestas en la biblioteca local?

—Me temo que no.

—Son geniales —aporta Lily—. No las hay mejores.

—La dotamos nosotros, ¿sabe? Cariño, ¿estás segura de que debes beber tanto?

—Tengo que recuperar fuerzas, mamá —dice ella, ahora con la palma anidada en la palma de Julian, como una vieja amiga.

174

—En el vestíbulo, al entrar. En la pared oeste. Están expuestas con gran modestia, en un estuche pequeño con una placa de latón. Mi padre desembarcó con la primera oleada en Normandía, y se ganó una barra en su Cruz Militar. Se ve en la cinta. Una barra es un adorno muy discreto, pero dice mucho.

—Seguro que sí.

—Tú tienes una barra, ¿no, Jules? En tu café bar. Arriba. Me lo ha dicho Matthew.

—Y el padre del coronel cayó en Galípoli. ¿No se lo ha contado Edward?

—No creo que me lo haya contado.

—No, es poco probable.

—¿Te entra bien la anguila, Tedsky? —pregunta Lily dirigiéndose al otro lado de la mesa, sin soltar ni por un momento la mano de Julian.

—Una delicia, cariño mío. Estoy a punto de terminármela —replica Edward, que odia el pescado.

Julian, cuya vida entera, según acaba de decidir, ha sido un prolongado cursillo magistral sobre conciliación, acude de nuevo a la brecha.

—Tengo la firme esperanza de mover las voluntades de la localidad para resucitar el festival de las artes, Deborah. No sé si se lo habrá dicho alguien.

—No. No me lo han dicho.

—Jules te lo está diciendo ahora, mamá —dice Lily—. O sea que escucha.

—Me temo que en este momento la cosa está cuesta

175

arriba —continúa Julian—. Los poderes fácticos no parecen muy motivados. Me preguntaba si no tendría usted alguna sabia idea que pudiera pasarme.

¿La tiene? ¿No la tiene?

Mano retirada cuando Lily se pone a recoger los platos sucios de las anguilas, para que Edward los lleve al pasaplatos y Deborah analice la cuestión. La media copa de champán le ha puesto puntitos de color cálido en las mejillas. Sus grandes ojos pálidos están de un blanco deslumbrante.

—Mi marido, que es de tendencias liberales, según él, sostiene la refrescante noción de que Reino Unido necesita una nueva élite —dice Deborah, elevando el tono—. Quizá esta idea le pueda servir de bandera a usted.

—¿Del festival?

—No. No del festival. De su departamento de literatura clásica. Fuera la vieja guardia, adelante ya sabe usted qué. También está la opción de proponer un nuevo electorado. Pero eso sería como clamar al cielo. ¿O no?

Confusión general. ¿Qué quiere decir Deborah? Edward, que se ha otorgado la función de pinche de cocina, está sirviendo virutas de pescado. Lily ha regresado a la mesa y tiene la barbilla apoyada en la mano libre, mientras piensa pensamientos lejanos. El valiente es Julian, sin ayuda de nadie, igual que antes:

—Me sorprende oírla calificar a Edward de liberal, Deborah. —Dicho como si Edward estuviese en otro condado—. Yo más bien lo tengo por conservador. A lo mejor es el Homburg lo que me despista —añade risueño, y se gana un arranque de risa agradecida por parte de Lily, pero de Deborah solo consigue que frunza el ceño.

—En tal caso, quizá deba usted saber, Julian, por qué nos vimos obligados a cambiar el nombre de la casa de mi padre y llamarla Silverview —sugiere ella, tras haberse bebido lo que le quedaba de champán de un solo y malhumorado trago.

—¡Ay, mamá!

—¿O ya le ha suministrado Edward su dudosa explicación?

—Ni dudosa ni no dudosa —le asegura Julian.

—Ay, joder, mamá, por favor.

—Doy por supuesto que conoce usted a Friedrich Nietzsche, Julian. El filósofo predilecto de Hitler. Edward me dice que anda usted algo retrasadillo en ciertas áreas culturales.

—La verdad, mamá —protesta Lily, y esta vez se levanta, acude junto a su madre, la abraza y le acaricia el pelo.

—Muy poco después de que nos casáramos, mi marido, Edward, llegó a la conclusión, unilateral, digamos, de que Friedrich Nietzsche había sido muy mal tratado por la historia.

Edward vuelve a la vida por fin:

—De unilateral no tuvo nada, Deborah —declara, poniéndose colorado de un modo impropio de él—. El mito

177

de Nietzsche que nos hicieron tragar a todos durante decenios lo forjaron su repelente hermana y su no menos repugnante marido. Entre los dos convirtieron a ese pobre hombre en algo que nunca había sido, cuando ya llevaba mucho tiempo muerto, me atrevo a decir. No podemos permitir que los monstruos de la historia universal se apropien de estos intelectos formidables, reclutándolos para sus asquerosas causas.

—Sí, bueno, espero que nadie me haga eso a mí —dice Deborah, mientras Lily continúa acariciándole el pelo—. Incluso si Nietzsche hubiera sido el más intrépido paladín de la libertad individual, ¿después qué? Para mí, la libertad individual siempre viene con obligaciones adjuntas. Que no existen, en cambio, para Nietzsche y Edward. Es «haz lo que piensas», no «piensa lo que haces», para Nietzsche y para Edward. Una máxima peligrosísima, ¿no le parece a usted, Julian?

—Tendría que pensármelo.

—Mamá, por Dios.

—Piénseselo. Edward estaba tan imbuido de la idea que lo único que podía hacer uno era estar de acuerdo con él. La casa de Nietzsche en Weimar se llamaba Silberblick, de modo que la nuestra tenía que ser Silverview. Y todos lo aceptamos, ¿verdad, cariño?, hace ya tantos años —dirigiéndose a Lily, que en este momento está cubriendo de besos ingrávidos el cabello de su madre.

Pero Deborah no se deja tranquilizar:

—Vamos ahora con usted, Julian. Insisto en ser curiosa.

—Conmigo, Deborah... —dice Julian, apañándoselas para mantener un tono juguetón, mientras Lily vuelve a acomodarse a su lado.

—Sí, con usted. ¿Quién es usted? Es usted una auténtica bendición, evidentemente. Un mitzvá, como lo expresan los judíos. Eso no hace falta decirlo. Pero ¿se le puede preguntar por qué abandonó la City con tanta prisa? Según mi escasa información al respecto, le entró a usted de pronto una especie de furor anticapitalista. Cuando ya había hecho fortuna, eso sí, pero no entremos en eso ahora. ¿Están bien informadas mis fuentes?

—De hecho, Deborah, fue más bien fatiga mental. Generada por el excesivo manejo de dinero ajeno.

—¡Voy a brindar por eso! —soltó Edward, cogiendo su copa y levantándola—. Fatiga mental. Empieza en los dedos, va subiendo hasta el cerebro. Muy bien, Julian. Nota máxima.

Otro silencio se cierne.

—Bien, pues ahora le toca a usted, Deborah, si puedo llevar hasta semejante extremo mi osadía —ataca Julian, con lo último que le queda de diplomacia—. Sé que Edward es un políglota de mucho respeto. Y usted es una distinguida profesora al servicio del gobierno, creo. ¿Puedo preguntarle qué es lo que de veras hace?

Ahora es Lily quien interviene, reorientando limpiamente la pregunta:

—Tedsky es un políglota fantástico: polaco, checo, serbocroata, y toda la pesca, ¿a que sí, Tedsky? Su inglés tampoco es malo. No te frenes, papá: lárgaselo todo. La lista de la compra entera.

Edward parece recular, pero enseguida participa en la diversión:

—Sí, soy un lorito, cariño mío. ¿De qué sirve hablar varios idiomas si luego no tienes nada que decir en ninguno de ellos? Te has olvidado del alemán. Un poco de húngaro. Francés, claro.

Pero es la voz incisiva de Deborah, cuando por fin regresa, la que echa el cierre al momento:

—Y yo de profesión soy arabista —comunica.

El caso es que ha llegado la hora del café: según el reloj que Julian ha consultado a hurtadillas, son las nueve y veinte, y faltan diez minutos para que Deborah se retire, de acuerdo con lo convenido. Lily se ha esfumado. Arriba, una voz femenina canta una balada irlandesa. Edward permanece sentado y en silencio, jugando con su copa de vino. Deborah está sentada en sus almohadones, muy erguida, con los ojos cerrados, como una bella amazona dormida en su silla.

—Julian.

—Aquí sigo, Deborah.

—Durante toda la guerra, Andrew, el hermano de mi padre, trabajó no muy lejos de aquí. Era un científico de mucho talento. ¿Le ha contado eso Edward?

—No creo, Deborah. ¿Me lo has contado, Edward?

—Puedo no habértelo mencionado.

—Con gran secreto. Que mantuvo hasta su muerte, por agotamiento, más que nada. Había personas leales, en aquellos días. ¿No será usted pacifista, espero?

—No creo.

—No lo sea. Aquí está Milton. En punto, como de costumbre. No debo preguntarle qué ha estado haciendo, sería de mala educación. Está muy bien que haya venido usted, Julian. Yo seguiré sentada aquí. Mi ascensión a la pared norte de la escalera tiende a ser menos elegante.

Y con ello quedó despachado Julian.

Edward lo esperaba en el recibidor. La puerta de delante permanecía abierta.

—Espero que no haya sido demasiado duro —dijo con mucho ánimo, alargando la mano para un caluroso apretón.

—Ha estado muy bien.

—Y Lily te pide que la disculpes. Le ha surgido un asunto familiar que atender.

—Claro. Dale las gracias de mi parte.

Se adentró en el aire nocturno y, con lo que le quedaba de buena compostura, caminó todo lo despacio que pudo hasta alcanzar el final del sendero. Estaba a punto de emprender una carrerita catártica cuando se topó con la luz de una linterna, y enseguida con Lily Avon y su pañuelo del *Doctor Zhivago*.

Al principio caminaron a distancia, cada uno por su zona, como dos personas que se alejan aturdidas de un accidente automovilístico. Luego, ella se agarró a su brazo. La noche era gris y húmeda y muy tranquila. La furgoneta desvencijada continuaba en la zona de aparcamiento, pero los amantes se habían instalado en la parte trasera o habían seguido cada cual su camino. La zona pobre de la calle principal era una avenida de tiendas de caridad con alumbrado público de color naranja. La zona rica era de un blanco deslumbrante, y Los Buenos Libros de Lawndsley eran su último fichaje. Sin que mediara palabra entre ellos, Lily subió en pos de Julian por la escalera lateral que llevaba al piso de este. El cuarto de estar era tan austero como lo había querido el monje que Julian llevaba dentro: un sofá de dos plazas, un sillón, un escritorio, un flexo. El ventanal miraba al mar, pero esa noche no había mar, solo nubes monótonas y lágrimas de lluvia. Lily escogió el sillón y procedió a repantigarse en él con los brazos colgando, como un boxeador entre asalto y asalto.

—No estoy cabreada, ¿vale?

—Vale.

—Y no voy a dormir contigo —le dijo.

—Vale.

—¿Tienes algo de agua en casa?

Julian sirvió dos vasos de agua con gas del frigorífico y le tendió uno de ellos.

—Mi padre piensa que eres lo más de lo más.

—Mi padre y él fueron amigos en el colegio.

—Habla mucho contigo, ¿no?

—¿Sí? No estoy tan seguro. ¿De qué?

—No sé. De sus mujeres, quizá. De sus sentimientos. De quién es. Lo que la gente normal cuenta.

—Yo lo que creo es que lamenta mucho no haber estado más contigo en tus años de desarrollo —replicó Julian con cautela.

—Ya, bueno, pues ya es la leche de tarde para eso, ¿no? —Mirando su móvil—. Has estado estupendo, por cierto. Cortés. Escurridizo. A mamá se le han caído las bragas contigo. No hay mucha gente que lo logre. ¿Cómo se consigue cobertura aquí?

—Prueba la ventana.

El pañuelo del *Doctor Zhivago* se le había bajado al cuello. Silueteada contra la ventana, inclinada hacia atrás mientras mensajeaba, parecía más alta, más fuerte, más femenina. En su móvil ya hacía bip la respuesta.

—¡Bingo! —exclamó con una súbita sonrisa luminosa, calco exacto de la de su padre—. Mamá está bien, escuchando *Noticias del mundo* mientras duerme. Y Sam se mantiene firme.

—Y ¿quién es Sam?

—Mi pequeñín. Ronca un poco, y le molesta mucho.

Sam, cuya madre le canta baladas irlandesas a la hora de acostarse. Sam, el nieto de Edward que nadie ha mencionado. Sam, el hijo de la hija de Edward que nadie había mencionado, Lily. Puertas abriéndose y cerrándose.

—Es negro —dijo Lily, mostrándole el móvil a Julian para que admirara una foto de un niño risueño con el brazo en torno al cuello de un galgo—. Mezcla de razas, si quieres, pero eso da igual en una familia como la nuestra. Mamá aguanta el color que le echen, menos el negro. El negro solo vale para los cuidadores. La primera vez que lo vio lo llamó su pequeño negro zumbón, y papá se puso como una fiera. Y yo también.

—Pero ¿ves a tu padre en Londres de vez en cuando?

¿A qué venía el pero?

—Desde luego.

—¿Con frecuencia?

—A veces.

—¿Qué hacéis los dos juntos? ¿Lleváis a Sam al parque zoológico?

—Cosas así.

—¿Al teatro?

—A veces. Largos almuerzos en Wiltons, en ocasiones, los dos solos. Nos quiere muchísimo, ¿te das cuenta?

Y una advertencia de «no pasar» dirigida a los extraños.

Mirando hacia atrás, lo que mejor recordaba Julian era la paz que los invadió tras la batalla en que lucharon cuerpo a cuerpo, y sus preocupaciones equivocadas sobre qué persona había dejado entrar en su vida. Recordaba el

184

modo en que las charlas entre ellos suplían todas las conversaciones que no podían tener, por demasiado importantes. Y cómo, cuando Lily hablaba de sus padres, se las arreglaba para mantenerse en los bordes, como si tuviera prohibido su verdadero centro. Y cómo, al igual que su padre, lo tenía a prueba, en espera de poder confiar en él algún día, pero todavía no.

No, el padre de Sam no participaba. Un bello error de ambos, con una gran consecuencia. Todo bien subrayado. Los visita con regularidad, pero ahora tiene una nueva vida, igual que ella.

Sí, era de artes gráficas, como Julian había supuesto. Había hecho la mitad del curso, pero dejó sin completar la otra mitad cuando llegó Sam. El curso era una mierda, daba igual.

Había escrito e ilustrado un par de libros infantiles y no había encontrado editor. Estaba escribiendo otro.

Vivía con Sam en un piso muy pequeñito, en Bloomsbury, cortesía de sus padres, y cubría sus gastos «con cualquier basura de diseño que me surja». Silverview la sacaba de quicio.

Educación..., ¿qué coño de educación? Interna desde que nació.

¿Hombres? Déjame en paz, Julian. Sam y yo estamos mejor solos. ¿Y tú qué?

Julian dice que él también está en pausa.

Del brazo, regresaron por las calles silenciosas, pero solo hasta el principio del sendero. ¿De veras creía Lily

185

que Edward no la había visto escaparse por la puerta trasera?, se preguntaba Julian. Edward era el hombre más observador que había conocido nunca. No le habría pasado inadvertida aunque se hubiera convertido en gato.

La furgoneta desvencijada ya no estaba. Frente a ellos se alzaba el bulto de Silverview, negro contra el alba incipiente. Un resplandor amarillo pendía sobre el porche delantero. En la planta superior aún había un par de ventanas con luz. Al apartarse de él, Lily se abrazó los hombros y respiró profundamente.

—Puede que nos acerquemos a comprarte un libro —dijo, y echó a andar sin volver la cabeza.

9

—A partir de las diez y media no tenemos baile, pero sí consultas, señor Pearson, hasta las dos —le había informado por teléfono, muy seria, con todo su acento polaco-francés—. Si me retraso, tenga la amabilidad de tomar asiento en la sala de espera del primer piso y hágase a la idea de que es usted un padre o un tutor que desea consultarme.

Eran las diez y cuarto. Faltaba un cuarto de hora. Proctor estaba instalado en una taberna griega mal mantenida, en Battersea, tratando de recuperarse con ayuda de un segundo café solo con poca azúcar. Al otro lado de la calle barrida por la lluvia se alzaba el edificio de ladrillo rojo de la Escuela de Danza y Ballet. En sus ventanas superiores arqueadas, sombras de jóvenes bailarines adoptaban posturas y gesticulaban tras las persianas echadas.

Se había pasado la mayor parte de la noche revisando material de intercepción nunca antes procesado, a fin de ponerse al día para un desayuno de trabajo con Battenby, el subjefe, y los dos directores del Departamento Legal. En el último minuto, la reunión se aplazó a esa misma tarde. Tras haber dormido tres horas, estaba bajo la ducha en Dolphin Square cuando lo llamó Ellen para decirle que la excavación había hecho un hallazgo espectacular, y que sería injusto para el resto que ella no se quedase unos días más, añadiendo, en una evidente maniobra de distracción, que tendría que hablar seriamente con la agencia de viajes sobre su billete de vuelta.

—O sea que te quedas para no ser injusta con los demás —dijo él en tono agrio—. ¿Qué es exactamente lo que habéis descubierto?

—Maravillas, Stewart. No lo comprenderías —replicó Ellen con una despreocupación desdeñosa que lo irritó aún más—. Están desenterrando una villa romana completa; llevaban años buscándola y la han encontrado, figúrate. Con las cocinas intactas, y Dios sabe qué más. Hasta hay carbón en el horno. Están montando un fiestón para celebrarlo. Fuegos artificiales y discursos, yo qué sé.

Demasiada información. Una mentira detrás de otra, por si la anterior no había funcionado.

—Y ¿dónde han encontrado todas esas maravillas? —dijo él, persistiendo en un tono sin inflexiones.

—En la excavación. En el sitio, nada menos. En una colina muy bonita. Aquí estoy ahora mismo. ¿Dónde, si no, crees tú que se puede encontrar una villa romana como esa?

—Lo que te pregunto es dónde está la excavación, geográficamente.

—¿Me estás sometiendo a interrogatorio o qué, Stewart?

—Sencillamente dicho, se me ha ocurrido que quizá esté en el jardín de ese hotel tan agradable en el que estás alojada, eso es todo —contestó él e, incapaz de escuchar el torrente de protestas de ella, colgó.

Con la mano en la barbilla y un tercer café griego cerca del codo, Proctor releyó los párrafos escogidos de antiguos archivos que Antonia, su ayudante, le había transferido al móvil.

Es el año de 1973. Sección Especial se ha enamorado:

La investigada vive exclusivamente para su baile. La investigada está en posesión de todas las gracias naturales. La investigada, totalmente absorta en su arte, carece de toda afiliación política o religiosa conocida. Sus tutores la consideran una estudiante ejemplar, capaz de ascender a las más altas esferas de su profesión.

Han pasado cuatro decenios. Sección Especial ya no está enamorado.

La investigada lleva veinte años cohabitando con un activista por la paz, manifestante propalestino y defensor de los derechos humanos llamado Felix BANKSTEAD (archivo personal adjunto). Aunque no se considera que se desempeñe al mismo nivel que su pareja de hecho, la investigada ha sido vista en frecuentes ocasiones marchando junto a Bankstead, por ejemplo durante el período previo a la guerra de Iraq, habiendo reunido el número suficiente de presencias en manifestaciones observadas como para ser elevada a Ámbar.

En las ventanas del piso de arriba desaparecieron las sombras. El repentino aguacero tenía paralizado el tráfico. De una puerta con arco surgió un grupo multiétnico de adolescentes que se dispersó en busca de sus autobuses. Proctor pagó su café, se subió la capucha del impermeable y se escabulló hasta la acera de enfrente entre los coches atascados.

No sabía si llamar al timbre o entrar directamente, de modo que hizo ambas cosas, y se encontró en un zaguán vacío, de ladrillo visto, con esculturas de papel y anuncios de espectáculos de danza. Una escalera forrada de pósteres de ballet conducía a una galería de trovadores. Una puerta en que ponía Directora estaba entreabierta. Llamó, empujó, asomó la cabeza. Una mujer alta y elegante, de edad indiscernible, permanecía muy erguida ante un atril, observando con ojos críticos su aproximación. Llevaba pantalones negros y top de leopardo.

—¿Señor Pearson?

—En efecto. Y usted es Ania.

—Y usted es un funcionario gubernamental. Y quiere hacerme determinadas preguntas. ¿Sí?

—Totalmente cierto. Es un detalle por su parte que me reciba.

192

—¿Es usted policía?

—No, no, ni mucho menos. Soy del mismo agradecido departamento que hace mucho, con su ayuda, estableció contacto con Edward Avon en París —dijo mostrándole una cartera portaplacas con su foto y la firma de Stephen Pearson.

Ella miró la foto y luego, durante más tiempo del que había esperado, lo miró a él. Ojos de monja: firmes, inocentes, devotos.

—Edward... —siguió ella—. ¿Está bien? ¿No...?

—En lo que se me alcanza, Edward está bien. Es su mujer quien no está bien.

—¿Deborah?

—Sí. La misma mujer. Esta sala se pasa de grande. ¿Hay algún otro sitio donde podamos hablar más en privado?

El despacho de Ania era muy estrecho, con media vidriera de arco cortada por un tabique, sillas de plástico plegables y una vieja mesa de caballete a guisa de escritorio. No sabiendo cómo comportarse ante Edward, se sentó a la mesa con la espalda muy recta, como una buena alumna, y se quedó mirando mientras él arrastraba una silla y se sentaba frente a ella. Luego, en un ademán de tregua, juntó las manos, que eran largas y muy elegantes.

—¿Aún ve usted a Edward de vez en cuando? —le preguntó Proctor.

Rápida sacudida de la cabeza.

—¿Puedo llamarla Ania?

—Sí, claro.

—Llámame Stephen. Y ¿te importa que vayamos al grano directamente? ¿Cuándo crees que fue la última vez que viste a Edward?

—Hace muchos años. Por favor. ¿Por qué me pregunta eso?

—Por ningún motivo importante, Ania. Es solo que todo el que trabaja para un departamento secreto es investigado alguna que otra vez. Y ahora le ha tocado el turno a Edward, eso es todo.

—¿Con lo viejo que es ya? ¿Ahora que ya no es de los suyos?

—¿Cómo sabes que ya no es de los nuestros? —dijo Stephen, sin abandonar el tono ligeramente festivo—. ¿Te ha dicho que ya no trabaja para nosotros? ¿Cuándo podría habértelo dicho? ¿Te acuerdas?

—No me lo dijo él. Lo he dado yo por supuesto.

—¿Basándote en qué, me pregunto?

—No sé. Lo he dicho así, de pronto. Sin basarme en nada.

—Pero tienes que recordar, seguro, cuándo tuviste noticias suyas por última vez, o lo viste.

Nada otra vez.

—Pues permíteme que te ayude. En marzo de 1995, hace un montón de tiempo, ya lo sé, pasados unos minutos de la medianoche, Edward llegó al aeropuerto de Gatwick en un vuelo de UNHCR procedente de Belgrado, hecho trizas, con su pasaporte británico por todo equipaje. ¿Te recuerda algo este dato?

Si le recordaba algo, Ania no dio señal alguna de que así fuera.

—Estaba en mala forma. Había visto cosas muy malas. Atrocidades. Niños muertos. Los horrores del mundo real que todos tratamos de evadir, como le escribió hace no mucho a un amigo suyo.

Hizo una pausa para permitir que esas palabras surtieran efecto, pero no obtuvo reacción visible.

—Necesitaba a alguien en quien confiar. Alguien que le tuviera afecto y que comprendiera. ¿Nada de esto te suena?

Una caída de los ojos de monja. Un despliegue de las largas manos. Al no recibir ninguna otra respuesta, Proctor prosiguió:

—No intentó ponerse en contacto con Deborah, que de todas formas estaba en Tel Aviv, en una conferencia. No intentó ponerse en contacto con su hija, que estaba en el colegio femenino West Country. De manera que, ¿a quién acudió en su desamparo? —Proctor hablaba como meditando, como si estuviera dirigiéndose a un miembro errante de su familia—. Hasta hace unos días fue uno más de esos misterios que quedan sin resolver. Ni siquiera el propio Edward sabía dónde había estado. Le llevó cuatro días ponerse en contacto con la Oficina Central, y, como cualquier otro, lo único que podía hacer era suponer que la tensión de los últimos meses en Bosnia le había pasado factura y lo había impulsado a dar un paseíto por ahí. No obstante, siendo lo que es la tecnología moderna, hemos sido capaces de recuperar las grabaciones de ese período que había en un teléfono viejo. Y esas grabaciones nos cuentan una historia muy diferente.

Hizo una pausa para mirar a Ania, esperando que respondiera, pero los ojos de monja le negaron el contacto.

—Esas grabaciones nos dicen que alguien, desde un teléfono público del aeropuerto de Gatwick, a la una de la noche en que aterrizó Edward, hizo una llamada a cobro revertido a tu piso de Highbury. ¿Estabas en tu piso a esa hora?

—Puede ser.

—¿Aceptaste una llamada a cobro revertido a primera hora de aquella madrugada, el 18 de marzo de 1995?

—Puede ser.

—Fue una larga conversación. Nueve libras y veintiocho peniques. Una fortuna, en esos tiempos. ¿Se acercó a ti Edward aquella noche? Escúchame, por favor, Ania.

¿Estaba llorando? No vio lágrimas, pero Ania no había levantado la cabeza y estaba aferrada a la mesa con tanta fuerza que se le habían puesto blancos los pulgares.

—Ania. Esto es algo que tengo que hacer, ¿de acuerdo? No soy enemigo tuyo. Edward es un hombre bueno y valeroso. Eso lo sabemos ambos. Pero es muchas personas. Y si una de ellas ha ido por mal camino, también tenemos que saberlo, por si hace falta prestarle ayuda.

—¡No ha ido por mal camino!

—Te estoy preguntando si Edward fue a tu casa aquella noche, hace ya casi veinte años. Es una pregunta muy sencilla, ¿sí o no? ¿Fue o no fue Edward a tu piso?

Ania levantó la cabeza y lo miró directamente a la cara, y lo que mostró no fueron lágrimas, sino cólera.

—Tengo un acompañante, señor Pearson —dijo.

—Estoy al corriente.

—Se llama Felix.

—También de eso estoy al corriente.

—Felix también es un buen hombre.

—Lo acepto.

—Felix le abrió la puerta a Edvard. Felix le pagó el taxi desde Gatwick. Felix le dio la bienvenida a nuestra casa. Lo siento, no tenemos cuarto de huéspedes. Edvard estuvo cuatro días durmiendo en nuestro sofá. Felix es musicólogo, tiene un compromiso con sus alumnos y no puede decepcionarlos. Afortunadamente, yo tengo una ayudante en mi colegio y pude quedarme en el apartamento a hacerle de enfermera a Edvard.

Una pausa, mientras se aquietaba su cólera.

—Edvard no estaba bien. Se negó a ir al médico. Yo no quise dejarlo solo. Al cuarto día, Felix le dio algo de ropa y lo llevó a una barbería a que lo afeitaran. El lunes nos dio las gracias y nos dijo adiós.

—Y en esos cuatro días se había operado una milagrosa recuperación —apuntó Proctor, no sin ironía.

La sugerencia molestó a Ania.

—¿Qué es recuperarse? Edvard estaba tranquilo cuando se marchó. Sonriente. Agradecido. Divertido. Volvía a no ser sincero. Era Edvard. Si eso es recuperarse, sí: estaba recuperado, señor Pearson.

—Pero no estaba recuperado cuando llegó a la Oficina Central aquella misma mañana, ¿verdad? No tenía ni idea de dónde había estado durante cuatro noches. Creía que le había dado la ropa nueva el Ejército de Salvación. Ni siquiera estaba seguro de eso. Creía que tal vez fuera allí mismo, también, donde lo habían afeitado. Y no acertó ni a plantearse siquiera de dónde podía haber sacado el billete de autobús. De modo que, ¿por qué nos mintió? ¿Por qué me mientes tú ahora?

—¡No lo sé! —le contestó ella con un grito—. Váyase al infierno. No soy su espía.

El mundo de Proctor se tambaleó y luego volvió a enderezarse. Ahora lo tenía bien de nuevo. Era Ellen quien le estaba mintiendo, no Ania. Ni siquiera estaba seguro de que Ania poseyera la capacidad de mentir. Si estaba mintiéndole en algo, sería por omisión. No hasta el fondo. No por el mero hecho de hacerlo, con su amante arqueológico sonriendo de oreja a oreja en la cama, junto a ella, si eso era lo que estaba haciendo.

—¿Era Edward un hombre distinto cuando acudió a vosotros aquella noche? —preguntó Proctor sin levantar la voz.

—Quizá.

—¿En qué sentido?

—No lo sé. No era diferente. Se lo veía entregado. Edvard siempre estaba entregado.

—¿Y estaba entregado a Salma?

—¿Salma? —En un leve intento de fingir ignorancia.

—La mujer bosnia trágicamente desconsolada a quien él admiraba tanto. Madre del chico que mataron. Viuda del médico que mataron.

Con el ceño fruncido, Ania fingió, de modo poco convincente, consultar su memoria.

—Puede que hablara de esa mujer con Felix. Quizá con un hombre le resultara más fácil. Se pasó muchas, muchas horas hablando con Felix.

—No. Con Felix habló de cómo salvar el mundo. Eso lo sabemos. Y tú también lo sabes. Se han estado escribiendo regularmente desde entonces. Contigo habló de Salma, imagino. En su vida había ocurrido algo enorme. Como aquella noche en París, cuando te dijo que ya no creía en el comunismo. Eras tú quien lo comprendía. Solo tú.

—¿Y su mujer, Deborah? —preguntó Ania—. ¿No lo comprendía Deborah?

Pero, igual que le pasaba a Proctor, la cólera no le duraba.

—Querría haber muerto por ella —dijo—. Estaba avergonzado. Habría ido con ella hasta Jordania. Ella le dijo: Vuelve a casa con tu mujer, con tu hija, sé un hombre occidental. Era su pasión. Estaba enfermo de ella. No era religiosa. Era sensata. Era perfecta. Era trágica. Era noble. Su familia poseía la llave de una antigua puerta de la Ciudad Santa de Jerusalén. La puerta de Damasco. O quizá Jafa. No me acuerdo.

¿Captó Proctor un atisbo de impaciencia en su voz? ¿Incluso de celos?

—También era secreta —apuntó—. ¿Por qué tenía que mantenerla tan en secreto, para todo el mundo, me pregunto?

—Por Deborah.

—¿Para no herir sus sentimientos?

—Deborah era su mujer.

—Pero Salma no era más que una obsesión, como tú dices. No era una relación amorosa, en el sentido estricto del término. Era... ¿Qué era? Algo más grande, ¿quizá? ¿Una conversión? Un cambio sísmico que no quería que nadie supiera. Ni su mujer ni su Servicio. ¿No fue eso lo que le contó a Felix?

Una Ania diferente. Tenía el rostro más cerrado que el portón de un castillo.

—Felix es humanista. Tiene ese compromiso. Usted lo sabe bien, señor Pearson. Tiene muchas conversaciones importantes con multitud de personas. Yo no le hago preguntas al respecto.

—Bueno, pues quizá le haga yo las preguntas. ¿Sabes, por casualidad, dónde puedo localizarlo?

—Felix está en Gaza.

—Eso tenemos entendido. Dale recuerdos.

Desde el piso de arriba del autobús número 113, mensaje de texto *en clair* a Battenby, subjefe del Servicio, adelantándose a la reunión de ese día a última hora de la tarde:

Ya podemos dar por supuesto que el objetivo es consciente de nuestro interés, si no lo era ya antes.
Pearson

10

Deborah Avon acababa de morir. A las pocas horas de su fallecimiento, Julian había reunido los hechos más sobresalientes:

A las seis de la tarde, la enfermera Macmillan de Deborah pidió a Lily que acudiera junto al lecho de su madre. Deborah se despojó de los anillos que llevaba puestos y se los entregó a Lily, pidiéndole que llamara a Edward, que estaba en su madriguera.

Nada más llegar Edward, Deborah requirió de Lily y de la enfermera que la dejaran sola con su marido. Edward y Deborah permanecieron encerrados en el dormitorio durante quince minutos, pasados los cuales se retiró Edward, aparentemente con instrucciones de no volver.

Fue luego a Lily a quien le tocó estar a solas con su madre, mientras la enfermera permanecía sentada en el pasillo, sin poder oír lo que se hablaba en el dormitorio. La conversación, según Lily, duró diez minutos, pero su contenido no le fue revelado a Julian. Regresó la enfermera al dormitorio. Lily y ella estuvieron junto a Deborah hasta el final. A las nueve de la noche, Deborah entró en coma inducido con morfina. A eso de la medianoche, el médico certificó su fallecimiento.

Las instrucciones relativas a su fallecimiento que había dejado Deborah entraron en efecto inmediatamente. Su cuerpo debía ser trasladado a una capilla mortuoria, donde no debía verlo nadie, nadie en absoluto. Para que no hubiera dudas en este punto, se mencionaba específicamente que su marido, Edward, tendría prohibido el acceso. Para evitar malentendidos, una copia de sus voluntades había quedado depositada de antemano en la funeraria.

Julian entró en contacto con la muerte de Deborah mediante una imperiosa llamada al timbre de la librería, a las seis de la mañana. Echándose una bata a los hombros, se precipitó escaleras abajo para encontrarse en la puerta con una Lily sin lágrimas, con la mandíbula apesadumbrada y sin decir palabra.

Sorprendentemente, al menos *a posteriori*, el primer temor de Julian fue que le hubiera ocurrido algo a Sam. Pero enseguida dedujo que en tal caso Lily no habría estado ahí, en la puerta, mirándolo, sino que habría estado junto a Sam. Más adelante, Lily le contó que había ido en la furgoneta de la funeraria con el cadáver de su madre, pero solo hasta la entrada de la capilla, respetando las instrucciones de Deborah.

Dejándose guiar por un sentido del decoro que más

tarde no supo explicarse, Julian no la escoltó hasta la intimidad de su apartamento, sino al café bar Gulliver.

Lily y Sam habían visitado esporádicamente la librería durante la decadencia final de Deborah, pero nunca habían llegado a subir al Gulliver: nada más poner la mirada en la escalera *funky*, Sam había lanzado un chillido horripilante.

La reacción de Lily al ver el café bar no fue mucho mejor:

—¡Qué espanto!

—¿El qué?

—Esos murales tan horrorosos. ¿Quién los ha hecho? —Y, al oír que eran obra de una persona recomendada por Matthew—: Pues menuda inútil.

—*Menudo* inútil.

—Peor me lo pones —afirmó rotundamente, encaramándose a un taburete del bar—. ¿Sabes cómo funciona eso? —añadió, señalando con un dedo regordete la máquina de café.

Julian lo sabía.

—Quiero un capuchino grande con extra de chocolate. ¿Cuánto es?

Eso fue todo lo que dijo hasta echarse a llorar como una magdalena, con grandes sollozos. Cuando Julian trató de abrazarla por los hombros, lo rechazó con una sacudida y redobló el llanto. Él le hizo un capuchino grande con extra de chocolate, pero ella lo ignoró. Entonces le dio un vaso de agua, que más adelante sí se bebió.

—¿Dónde está Sam? —le preguntó Julian.

—En casa de tía Sophie.

Tía Sophie, la vieja niñera de Lily, una sabia eslava con la cara como un campo de batalla.

—¿Y Edward?

Lily habló mirando al frente, en frases cortas y concisas. En conjunto lo que dijo fue esto:

Edward y Deborah dormían separados, como hacían todo lo demás. Tras mirar durante unos momentos el cuerpo de su madre, Lily llamó por el pasillo a su padre. En vista de que él no salía de su dormitorio, aporreó su puerta: «Papá, papá, se ha muerto». Estaba recién afeitado. Olor a sándalo del jabón de afeitar. Lily se preguntó cuándo se habría afeitado. Sin lágrimas por parte de ninguno de los dos. Él la abrazó, ella le devolvió el abrazo. Luego Lily lo agarró por los hombros y lo sacudió un poco, para liberarse, pero él no la soltó.

Luego, Lily le sujetó la cabeza con ambas manos y lo obligó a mirarla, lo cual él intentó evitar. Y lo que ella vio en su rostro, o creyó ver, no era dolor, era más bien determinación:

—Necesito hablar contigo, Lily, me dijo. Dímelo todo, le dije. Joder, papá, ¡habla! Y me dice: Hablaremos esta noche, Lily. No faltes a la cena. Como si yo me fuera a ir de discotecas la noche siguiente de morir mi madre.

—¿Y ahora? —preguntó Julian.

—Ahora ha sacado el coche para uno de sus grandes paseos.

Después, durante más de una hora, encaramada en su taburete del Gulliver, Lily vivió su duelo por sí sola, mirándose a veces, sin creer lo que estaba viendo, en el espejo horizontal de detrás de la máquina de café, o asesinando los murales con la mirada, mientras Julian le echaba un ojo de vez en cuando, vigilándola discretamente. La última vez que miró no había Lily y el capuchino con extra de chocolate seguía en la barra intacto.

A la mañana siguiente estaba de vuelta, esta vez con Sam.

—Y ¿cómo estaba Edward?

—Bien. ¿Por qué?

—Quiero decir anoche. Habíais quedado en hablar durante la cena. Te dijo que quería hablar contigo.

Una vaguedad se apoderó de ella.

—¿Sí? Sí, supongo que sí.

—Pero nada malo. Nada radical.

—¿Radical? ¿Por qué iba a ser radical? —Levemente sorprendida, como su padre, de que le hicieran esa pregunta, y al mismo tiempo evitándola.

Y con una rotunda señal de «no te metas en esto».

—Y ¿a qué dedica su tiempo Edward, si no? —se le ocurrió preguntar, sin cambiar totalmente de tema, pero casi.

—¿Si no?

—Sí.

Lily se encogió de hombros:

—En su propia nube. Dando vueltas en torno a la zona prohibida de mamá. Cogiendo cosas y volviendo a ponerlas en su sitio.

—¿Zona prohibida?

—Su madriguera. A prueba de incendios, a prueba de bombas, a prueba de robos, a prueba de la familia. Semisótano en la parte trasera de la casa. Todo equipado para su uso. —En el mismo tono reticente.

—Equipado, ¿por quién?

—Por el puto servicio secreto, ¿quién te imaginas?

¿Quién se imaginaba él?

Bueno, pues así, vagamente, llevaba cierto tiempo imaginándoselo, sin acabar de ponerle nombre a la sospecha. Pero ¿era que Lily había bajado la guardia sin querer, o era que le acababa de administrar un correctivo por su curiosidad?

No se inclinaba a preguntar. Y ella era hija de su padre. Su reticencia —por no decir secretismo— formaba parte de su naturaleza, como formaba parte de la naturaleza de su padre. Y, como hijo único que había alcanzado la edad adulta sin hermanas, a Julian le resultaba imposible no ver toda relación entre un padre y una hija con una mezcla de sospecha y respeto reverencial.

Lily había corrido el telón en lo que respecta a la conversación que tenía concertada con su padre, pero también, con la misma rotundidad, en lo que respecta a lo que pudo hablar con su madre en el lecho de muerte. No obstante, Julian no pudo eludir la impresión de que ambas conversaciones estaban, en algún sentido, oficialmente clasificadas. Y esa sensación vino fortalecida cuando Lily anunció, como de pasada, que esa mañana no acudiría a la librería, porque tenía que estar en Silverview cuando «los del mono marrón vengan a llevarse la caja fuerte incrustada y el ordenador de mamá, y todas las demás porquerías».

—Pero, por Dios, ¿quiénes son los del mono marrón? —preguntó Julian con un asombro nada fingido.

—Los hombres de mamá. ¡Ponte al día, Julian! La gente para la que trabajaba.

—¿En su QUANGO?

—Eso, muy bien, lo has cogido. Su QUANGO. Los hombres del QUANGO. El título de mi próximo libro.

La tapadera de Lily —si eso era— no se desmoronó hasta que empezaron a tomar forma los preparativos del entierro. La escena se desarrolla en el Gulliver, donde Lily, a pesar de los espantosos murales, ha instalado su cuartel general. La fecha: cuatro días después de la muerte de Deborah. El horror de Sam a la escalera *funky* ha desaparecido desde el día en que Julian lo izó sobre sus hombros para subir al ritmo de *The Grand Old Duke of York*. Sam y Matthew han congeniado desde el principio. A veces se pasa por allí Milton, el antiguo cuidador

211

de Deborah, y tras saludar con una mano a los presentes, se instala lánguidamente en el suelo y él y Sam se dedican a armar rompecabezas de animales, sin hablar entre ellos.

Pero es la hora de comer, solo están Julian y Lily y Sam. Sam ha bajado de sus anaqueles todos los libros infantiles y los está desparramando por el suelo. Julian vuelve ahora con los sándwiches que ha ido a buscar, y Lily está en densa conversación con su móvil:

—Sí, ya veo. De acuerdo, Honour... Sin duda... Sí, lo que haga falta... —Y, en cuanto cuelga, o quizá justo antes—: Que le den por el culo.

—¿Que le den por el culo a quién? —pregunta Julian, sin tomárselo en serio.

—Está todo arreglado. Que se lo pregunten a Honour. No tenemos que hacer ni una puñetera cosa más. Es de mañana en ocho días, a las doce, y a continuación todos de rodillas en el Royal Haven. Mamá quería que fuese un sábado, para que pudieran venir sus amiguetes del Servicio, o sea que sábado. —Y recordando algo—: Ah, sí, por cierto, papá quiere ser su padrino.

—Su ¿qué?

—Quien lleva el féretro. Yo qué coño sé. No tengo ni idea de estas cosas, ¿vale? Y papá tampoco. O sea que no es fácil, ¿comprendes?

—No he sugerido que lo sea.

—Muy bien —replica Lily, y esta vez suena más a su madre que a su padre.

—Y ¿quién es Honour? —pregunta Julian y, para su sorpresa, dadas las ganas de pelea que tiene Lily, la chica se queda callada por un momento.

—Somos espías, ¿vale? Mamá es espía, papá es espía, y yo soy su enlace. —Y, recrudeciéndosele el coraje—: Y es un puto asco. —Golpeando con el puño el mostrador de acero inoxidable—: Mamá vivió toda su puta vida bajo cubierta. No la dejaban ni lucir la puta medalla el Día del Armisticio, pero nada más morirse la quieren llevar por el puto Támesis en la barcaza real, con la Brigada de los Guardias tocando *Abide With Me*.

Poco a poco, el resto fue saliendo a relucir. Al parecer, Deborah llevaba pocas horas muerta cuando Honour se presentó a Lily, primero por el móvil, luego por correo electrónico. La especialidad de Honour eran los funerales del Servicio, y quería dejar en suspenso el de Deborah mientras ella congregaba a los clanes, así lo dijo. A Lily le molestó especialmente el modo de hablar de Honour, que, según ella, parecía Margaret Thatcher con una patata en el gaznate.

Honour ya había completado su convocatoria, que era de lo que había tratado la llamada. Por el momento, contaba con la participación de cincuenta o sesenta miembros del Servicio, pasados y presentes, junto con sus parejas. El Servicio pagaría con mucho gusto las dos terceras partes del coste de la recepción, que el Royal Haven cargaba a diecinueve libras por invitado, incluidos los canapés del menú C, vino tinto y blanco y un servicio

213

in situ de seis personas. Un alto funcionario pronunciaría un discurso de no más de doce minutos.

—Y ese alto funcionario, ¿tiene nombre, o mejor no pregunto? —inquiere Julian, bromeando.

—¡Harry Knight! —replica Lily, e imitando la voz de Honour—: El paladín con su armadura resplandeciente, cariño.

¿Y Edward? ¿Cómo se estaba tomando Edward los apaños de Honour?

—Papá está totalmente fuera del asunto. Le parece bien todo lo que dejó decidido mamá. O sea que no le preguntes. —Con la acostumbrada advertencia de «no te metas».

En señal de duelo, le había dado por llevar el pañuelo del *Doctor Zhivago* embozándole la cara, dando lugar a que solo se la pudiera identificar por la frente.

Los días se arrastraban inquietos. Por las tardes, Sam y Lily bajaban al parque o daban un paseo por la orilla del río, y Julian se añadía cuando no había mucha gente en la librería. A veces se presentaba sin avisar la tía Sophie y se llevaba a Sam a dar una vuelta: Sophie, quien, en palabras de Lily, «trabajó en el extranjero con papá, en alguna extraña función». Pero a Julian no se le ocurría preguntar. Estaba empezando a comprender que la unión de todo el clan de los Avon y sus ramificaciones no consistía en los secretos que compartían, sino en los que se ocultaban entre ellos: algo que le sonaba de su propia niñez.

Pero, aunque le llevó un tiempo darse cuenta, lo cierto era que Lily estaba saliendo de su prisión a fuerza de hablar.

Última hora de la tarde, sol tras la lluvia. Lily y Julian paseando de la mano por el sendero. Julian dando por supuesto que ella tiene la mente puesta en Deborah. Sam y la tía Sophie caminan por delante de ellos.

—¿Sabes qué era mi apartamento de Bloomsbury antes de que yo lo comprara?

—¿Un burdel? —Una gracia. Ella se ríe a carcajadas.

—¡Una casa del Servicio, idiota! Cuando dejó de ser segura, permitieron que mamá la comprase a buen precio, haciéndole el favor. Y mamá nos la regaló a nosotros, pero tardamos un mes en poder mudarnos. ¿Por qué la tardanza? Adelante. Adivina.

¿Humedades? ¿Ratas? ¿Cheque devuelto?

—Porque teníamos que esperar a que los barrenderos diesen luz verde.

Para delicia de Lily, Julian pica de inmediato, quizá voluntariamente.

—¡Nada de putos limpiadores, idiota! Barrenderos. Que lo barren todo en busca de parásitos. Dispositivos electrónicos de escucha, para ti. No era que los pusiesen. Eso ya lo habían hecho antes. Los quitaban. Sigo con la esperanza de encontrar alguno que se les pasara por alto, para soltarles unas cuantas guarradas.

Pero es su risa lo que Julian más disfruta, y sentir su brazo en torno a la cintura, y cómo permanece allí cuando vuelve a sumirse en sus pensamientos.

—En el pueblo corre el rumor de que Deborah y Edward tuvieron una pelea por la colección de porcelana blanquiazul de tu abuelo —deja caer Julian una vez, arriesgando un tanteo.

—Primera noticia. —Se encoge de hombros—. Mamá dijo que estaba hasta las narices de tenerla delante, y la pusieron en la tienda para ahorrarse el seguro.

¿Y papá? Más vale no preguntar.

Y cuando Julian deja caer que, según le han contado, esa porcelana china blanquiazul había sido la gran pasión de Edward en su retiro:

—¿Pasión? Papá no distinguiría una pieza Ming de su hueso del codo —se ríe ella.

En lo tocante a peleas entre sus padres, lo único que sabe Lily es —sobre todo por tía Sophie, que en ese momento está echando una mano en casa— que hubo un encontronazo a grito pelado en la «madriguera de mamá», en la que Edward teóricamente no debía entrar, no se sabe por qué. Pero Lily es escéptica: Sophie no era siempre la fuente más fiable.

—Si hubo gritos, serían de mamá. Papá no ha gritado en su vida. Sophie creyó que papá quizá le pegara, pero papá no hace esas cosas tampoco. O sea que lo mismo fue mamá quien le pegó a él. O no pasó nada de eso.

—¿Tú has estado dentro alguna vez?

—¿En la madriguera? Una vez. Puedes echar un vistacito, cariño mío, y eso es todo lo que vas a conseguir. Estupendo, dije yo. Tienes bandejas de entrada, un teléfono verde sobre un pedestal rojo, ordenadores tamaño industrial. ¿Qué más, mamá? Protejo al país de sus enemigos, cariño mío. Como espero que hagas tú algún día.

—¿Y Edward? —pregunta Julian—. ¿De qué nos protege Edward?

Esperar mientras ella decide cuánto decirle.

—¿Papá?

—Sí. Papá.

—Actividades especiales. Eso era todo lo que me decían cuando me llevaban a un restaurante. Lo intenté con mamá. ¿Qué hacía papá en Bosnia mientras yo estaba en el internado? Labores de ayuda, cariño mío. Y cosas sueltas, por aquí y por allá. ¿Qué coño es eso de por aquí y por allá?, le solté yo. No digas palabrotas, cariño mío.

—¿No le preguntaste directamente a tu padre?

—En realidad, no.

Y fue seguramente lo más natural que Lily, en el proceso de liberarse de sus secretos, dejara para el final la revelación más inquietante.

—Y mamá me hizo llevar una carta a Londres de su parte —dijo al fin, con una cerveza delante, en The Fisherman's Rest—. Un piso seguro de South Audley Street. Llama tres veces al timbre y pregunta por Proctor.

217

En ese momento, Julian podría haber comentado que él también había hecho entrega de una carta confidencial, no por encargo de su madre, sino de su padre. Pero si no lo hubiera retenido la solemne promesa a Edward, lo habría hecho su preocupación por Lily. Con el funeral de Deborah a tres días vista, no era desde luego el momento de decirle que su padre llevaba mucho tiempo liado con una bella mujer sin nombre.

—Bueno, lo que sea, el caso es que ahora se lo he dicho, ¿vale? —dijo desafiantemente—. ¿Llevaste una carta de parte de tu madre? Sí, llevé una carta de parte de mi madre. ¿Para Proctor? Pues sí, joder, para Proctor. ¿Sabes lo que había dentro? No, joder, no lo sabía, y Proctor me hizo la misma pregunta. Luego me dio un abrazo y me dijo que estaba bien, que había hecho lo correcto, y él también.

—¿Proctor también?

—¡Papá, coño! Me dio su bendición papal. Delante de la chimenea del salón, que nunca se enciende: Ve en paz, cariño mío, tu madre era una buena mujer, yo hice lo que tenía que hacer, y lo que siento es que ella y yo viviéramos en universos diferentes.

—Pero ¿qué fue lo que hizo que tenía que hacer?

La puerta se le cerró de nuevo.

—Era solo que tenían secretos diferentes —dijo Lily cortante.

Mi querido Julian:

*Tendrás que perdonar que, en estas difíciles cir-
cunstancias, no haya respondido antes a tus ama-
bles mensajes de condolencia. Deborah será una
gran pérdida para quienes la amaron. Permíteme
decirte, también, cuánto me emociona que com-
partas con Lily la pesada tarea de organizar el funeral, que en otras circunstancias habría recaído
en mi persona. ¿Podrías, sin embargo, liberarte durante un par de horas mañana por la tarde, para
dar tú y yo juntos un paseo que nos refresque las
ideas? El tiempo pinta bien. Propongo las tres de la
tarde, y adjunto un mapa para mayor comodidad
tuya.*

Edward

—¿Orford? —repitió Matthew horrorizado, cuando
se dio la casualidad de que Julian le mencionara su des-
tino—. Bueno, si te gustan las zonas de guerra...

Hace uno de esos días radiantes que solo se dan al final
de la primavera. Está previsto que llueva, pero no hay
señal de lluvia en todo el cielo azul. El venerable Land
Cruiser de Julian —no tan divertido como el Porsche
al que ha renunciado, pero más práctico para trasladar
libros de un sitio a otro— le permite ver, por encima
de los cercados, los primeros correteos por la vida de

los corderos recién nacidos. Durante más de treinta kilómetros recorre campos cultivados, sin apenas casas ni seres humanos que perturben el idilio. Los narcisos y las flores de los frutales le traen recuerdos de las vicarías rurales de su padre, antes de que cayera en desgracia.

La perspectiva de encontrarse con Edward le supone un alivio. El trabajador humanitario de Bosnia, amante secreto, espía y, al parecer, viudo impenitente, llevaba días siendo una figura fantasmal para él, patrullando los pasillos mal iluminados de Silverview como el padre de Hamlet, hablando apenas con su hija y desapareciendo sin previo aviso en paseos misteriosos.

Un antiguo castillo de tres torres apareció a su derecha. Su navegador por satélite lo condujo hasta la plaza arbolada de un pueblo y por una vía de acceso que desembocaba en un atracadero interior. Árboles altos oscurecían un amplio aparcamiento vacío. Mientras aparcaba, una nueva versión de Edward emergió de las sombras: el Edward al aire libre, con un chaquetón verde encerado, un sombrero muy baqueteado y sus botas de andar.

—Edward, cuánto lo siento —dijo Julian, estrechándole la mano.

—Muy amable, Julian —replicó Edward en tono distraído—. Deborah te tenía en muy alta consideración.

Echaron a andar. Julian no había necesitado el tremebundo aviso de Matthew. Ya había hecho el muy considerable esfuerzo de recorrer *Los anillos de Saturno*.

Sabía qué esperar de ese paraje dejado de la mano de Dios, en mitad de la nada. Sabía que hasta los pescadores lo consideraban insoportable. Anduvieron por una vereda, dejando atrás contenedores de basura, subieron por una destartalada escalera de madera y vadearon una acumulación de barro y pecios de barcos para terminar en un muelle lleno de basura.

Edward viró bruscamente a la izquierda. La pared del río los obligaba a ir en fila india. Gotas de lluvia, como guijarros, les llegaban ya desde el mar. Edward giró en seco:

—Aquí, Julian, por lo que somos famosos es por nuestros pájaros —anunció, con orgullo de propietario—. Tenemos avefrías, zarapitos, avetoros, bisbitas del prado, avocetas, por no mencionar los patos —prosiguió, como un maître recitando las especialidades del día—. Presta atención ahora, por favor. ¿Oyes a ese zarapito llamando a su pareja? Sigue mi indicación.

Julian hizo ademán de estar siguiendo las instrucciones de Edward, pero lo cierto era que llevaba varios minutos sin captar más que el horizonte: los restos de nuestra civilización tras su destrucción en alguna futura catástrofe. Y allí estaban: bosques lejanos de antenas desechadas emergiendo de la niebla, hangares abandonados, barracones, bloques de alojamiento y salas de control, pagodas con patas de elefante para las pruebas de resistencia a las bombas atómicas, con techos curvos pero sin paredes, por si ocurría lo peor. Y, a sus pies, una advertencia de que respetara el camino señalado si no quería pisar munición de artillería sin estallar.

—¿Te afecta este sitio infernal, Julian? —preguntó Edward, al observar que su amigo se distraía—. A mí también.

—¿Por eso vienes aquí?

—Sí, por eso —respondió, con insólita franqueza. Y, asiendo del brazo a Julian, algo que nunca había hecho antes—: Escucha bien. ¿Estás escuchando? Dime ahora qué es lo que oyes, por encima del griterío de los pájaros. —Y en vista de que Julian no oía nada, solo más gritos y las escaramuzas del viento—: ¿No oyes cómo retumban los cañones de nuestro glorioso pasado británico? ¿No? ¿No oyes cañones?

—¿Qué oyes tú? —preguntó Julian con alguna torpeza, riendo para contrarrestar la severidad de los ojos de Edward.

—¿Yo? —Como siempre, sorprendiéndose de que se le preguntara algo—. Pues los cañonazos de nuestro glorioso futuro. ¿Qué, si no?

¿Qué, si no?, en efecto, se preguntó Julian. Y más se lo preguntó cuando, al llegar al final de una barra de arena, Edward volvió a cogerlo del brazo para llevarlo a un banco provisional hecho con madera de deriva y lo hizo sentarse junto a él.

—Se me ocurre que no vamos a tener ocasión de hablar a solas durante cierto tiempo —comentó con brusquedad.

—Y ¿por qué no?

—Son muchas las cosas que cambian después de un funeral. Habrá nuevos imperativos. Hay que emprender nuevas vidas. No puedo seguir siendo el visitante parasitario de tu librería indefinidamente.

—¿Parasitario?

—Ahora que la pobre Deborah ya no está con nosotros no tengo excusa.

—No necesitas ninguna excusa, Edward. Eres bienvenido, vengas a la hora que vengas. Estamos creando una gran biblioteca juntos, no te olvides.

—No me olvido. Y tú has sido generosísimo conmigo, y temo haber transgredido los límites de tu hospitalidad, pero no había más remedio, por desgracia. —¿No había más remedio?—. Nuestra República está bien fundamentada. Lo único que necesita es tu demostrada capacidad de gestión para hacerla fructificar. Y sobro. Mi amiga acertó contigo.

—¿Mary?

—No temió que me traicionaras. No tuvo problema para confiarte la respuesta a mi carta. Observó que eres un hombre íntegro. Es una mujer con mucha experiencia del mundo real.

—¿Está bien?

—Sí, gracias, me alegra decir que está a salvo.

—Pues eso, muy bien por Mary.

—Exactamente.

La conversación se había detenido: por parte de Julian, porque le faltaban las palabras; por parte de Edward, porque estaba reuniendo sus ideas.

—Y observo que le tienes afecto a mi hija. ¿No te decepciona la volatilidad de sus posturas en algunas ocasiones?

—¿Debería decepcionarme?

—Me arriesgaré a afirmar que Lily no posee una tendencia natural a esconder sus emociones.

—Quizá tenga un exceso de otras cosas que ocultar —aventuró Julian.

—¿Y Sam no es un inconveniente?

—¿Sam? Es una ventaja.

—Algún día gobernará el mundo.

—Eso espero. No estás diciéndome que me case con ella, ¿verdad?

—No, amigo mío, nada tan fatal —dijo Edward, con una sonrisa alumbrándole el rostro por un instante—. Solo quería asegurarme de que los afectos de Lily no estuvieran mal situados. Ya me has proporcionado esa seguridad.

—¿Tienes algo en mente, Edward? ¿Qué es?

¿Eso podría haber sido un destello de alarma en el rostro de Edward? Fijándose mejor, Julian llegó a la conclusión de que se había equivocado, porque el rostro de Edward solo reflejaba una estrambótica tristeza:

—Yo ya pertenezco al pasado, Julian. No puedo hacer daño. Quiero que lo sepas: llegado el caso, eres muy libre de ponerme en tela de juicio. Hay gente a la que no debemos traicionar jamás, cueste lo que cueste. Yo no entro en esa categoría. No tengo ningún derecho sobre ti. Le tuve cariño a tu padre. Ahora dame la mano. Así. Cuando volvamos al aparcamiento, me limitaré a presentarte mi despedida oficial.

11

Por segunda vez en dos semanas, Julian se vestía para Deborah, pero esta vez optó sin vacilación por el traje oscuro de la City. En su espejo de tocador veía la iglesia medieval, alzándose orgullosa en lo alto de la colina. La bandera de san Jorge ondeaba a media asta en su chapitel. A sus pies yacía el antiguo cementerio de marineros, desde el cual, según la leyenda, sus espíritus podían regresar al mar.

Me he pasado la vida acatando las supersticiones de mi tribu, y tengo intención de que me entierren según sus ritos.

Lily le había dado orden de que estuviese preparado para revista a las once y cuarto. Julian no había porteado el ataúd ni en el entierro de su madre ni en el de su padre. La cómica perspectiva de que pudiera tropezar o meter la pata en algo había surgido alguna que otra vez en sus muchas conversaciones con Lily, y durante casi toda la noche anterior.

Silverview ponía a Lily de los nervios.

Edward la quería tanto que no lograba animarse a hablar con ella. Cinco minutos, y cogía la puerta.

Hasta Sam permanece callado. Lily lo ha acostado en su dormitorio y por fin, por fin, se ha quedado dormido.

Te quiero, Jules. Que duermas bien.

Diez minutos después, regresa. O le mensajea. O él la llama.

Tras mucho llover, el día amaneció sin nubes. A pesar de sus zapatos de la City, Julian decidió ir caminando. Mientras subía la pendiente, el monótono tañido de las campanas de la iglesia se hizo más fuerte, convocando no solo a la gente del pueblo, sino a los cincuenta o sesenta antiguos y actuales miembros previstos por Honour. El aparcamiento era una aglomeración de charcos marrones que la iglesia no podía permitirse desecar. Aparcar ahí era correr el riesgo de mojarse los pies y embarrarse los zapatos. Dos policías serviles instaban a los que iban llegando a que no respetaran las líneas amarillas. La gente se abrazaba y se besaba en el atrio de la iglesia. Dos hombres trajeados repartían instrucciones de servicio. Bajo un amplio ciprés, tres jóvenes de la funeraria se echaban un discreto pitillo. Julian se vio asaltado por Celia, toda ella de negro. Llevaba al codo a un hombre pequeñito, con abrigo de pelo de camello y guantes de piel de cerdo color naranja.

—¿No conoce usted a mi Bernard, joven señor Julian, verdad que no? —preguntó Celia con voz de alambre de púas, clavándole al mismo tiempo una mirada de acero—. ¿Le parece que charlemos luego un rato? ¿Sí?

—¿De qué diablos iba eso?

Dos voluntarias de la biblioteca lo atraparon:

—¿No es espantoso?

Espantoso, confirmó él.

Luego vinieron Ollie, el carnicero, y su socio, George.

—¿Habéis visto a Lily por alguna parte? —les preguntó Julian.

—En la sacristía, con el vicario —contestó enseguida George.

—O sea que usted es el librero —le comunicó una mujer fornida y de rasgos duros—. Soy Leslie, prima de Deborah. Y yo también estoy buscando a Lily. Le presento a mi marido.

Cómo está.

La puerta de la sacristía estaba abierta. El armario de las vestiduras. Gorros en las paredes. El incienso de su juventud, pero ni rastro del vicario ni de Lily. Siguió adelante y la encontró en un parche de hierba profunda que había entre dos enormes contrafuertes: era una niña victoriana, con ese sombrero negro de campana y esa falda larga. A sus pies, una pequeña montaña de coronas y flores rojas.

—Pedí que las pusieran alrededor de la sepultura —dijo Lily.

—En ese caso van al hospital. ¿Se lo has dicho?

—No.

—Yo me ocupo. ¿Has podido dormir?

—No. Dame un abrazo.

Julian se lo dio.

—Los de la funeraria tienen que hacer una lista de las tarjetas, por si se extravían. Se lo diré yo. ¿Dónde está Sam?

—Con Milton, jugando. No quiero tenerlo a mi alrededor.

—¿Edward?

—Dentro de la iglesia.

—¿Haciendo qué?

—Mirando la pared de enfrente.

—¿Te dejo aquí, o prefieres incorporarte a la multitud?

—Mira a tu espalda.

Era una advertencia. Un individuo alto, con pinta de jugador de rugby y sonriendo de oreja a oreja, se les había aproximado:

—Hola. Me llamo Reggie. Colega y devoto admirador de Debbie. Tú eres Julian, ¿verdad? Yo también voy a llevar a hombros el ataúd. Bueno. Pues sígueme.

A pocos metros esperan otros varios jugadores de rugby y un empleado de la funeraria, muy elegante, con el sombrero de copa bajo el brazo. Apretones de manos en silencio. Hola. Hola. El de la funeraria solicita decir unas palabras sin que nadie lo interrumpa, caballeros, si me lo permiten:

—Empezaré con una advertencia, caballeros. No se les ocurra tocar las asas. Si tocan las asas, se quedarán con ellas en la mano. Tienen que poner un hombro cada uno, y una mano, por nuestra difunta, y yo daré la señal de partida personalmente, y estaré con ustedes a cada paso, por si ocurre lo improbable, es decir, que haya algún tropiezo. Y cuidado con la tercera baldosa, es un peligro. ¿Algo que les preocupe, caballeros?

—La familia quiere que las flores se envíen al hospital general mañana por la mañana, y quieren la lista de todas las tarjetas —dijo Julian.

—Gracias, caballero, y no se preocupe, que todo eso lo cubre el contrato. ¿Otras preguntas? Si no, les pido que nos acerquemos al atrio y esperemos la llegada del féretro.

Una mujer mayor saltó sobre Julian y lo abrazó.

—¿Te das cuenta? ¡Está aquí el F7 al completo! —anunció muy excitada—. Y algunos que sencillamente jamás asisten a un entierro. ¿No es algo absolutamente maravilloso?

—Es estupendo, sí —confirmó Julian.

Desfilar lentamente por el pasillo, tener cuidado con la tercera baldosa, una mano para nuestra difunta y una sexta parte de su peso corporal pesándole en el hombro derecho: Julian pasa revista a la congregación, empezando por Lily, que está sentada en la parte de delante, a la izquierda, en el pasillo norte, junto a su padre. De Edward solo ve un par de hombros elegantemente vestidos y la parte posterior de su pelo blanco.

Llega a la conclusión de que los cincuenta-sesenta de Honour se dividen en dos grupos: antiguos miembros en los bancos delanteros del pasillo principal, miembros actuales en los bancos traseros del pasillo sur, donde pueden ver sin que los vean. ¿Coincidencia? ¿O una hábil maniobra de los acomodadores del Servicio?

A ambos lados del altar carmesí se arrodillan dos ángeles de madera de frutal. Delante hay una mesa para el ataúd. A la susurrada orden de «bajar» del empleado de la funeraria, el ataúd biodegradable con los restos de Deborah Avon queda impecablemente colocado encima de la mesa. Al agacharse durante la operación, Julian atisba una medalla de oro con cinta verde alojada entre las rosas rojas de la tapa. Un organista, calvo en su espejo, inicia una música fúnebre *ad libitum*. Tras dar media vuelta en sincronía con los demás porteadores, Julian ocupa su sitio al lado de Lily. La mano de ella, enguantada, encuentra la suya, se enrosca y anilla en su palma. Lily musita «joder» y cierra los ojos. Al otro lado de ella, Edward mira fijamente hacia delante, sin ver nada, con la barbilla alta, los hombros caídos, mientras se enfrenta al pelotón de fusilamiento.

Diminuta y desprotegida ante el atril, Lily, con su sombrero de campana y su falda negra, lee un poema de Kipling, elección de su madre. Por una vez, su voz es tan débil que apenas alcanza los dos primeros bancos.

234

Un violento estallido de música de órgano es la señal para que los cincuenta o sesenta antiguos y actuales miembros y sus acompañantes se pongan en pie todos a la vez. Los lugareños escalan tras ellos. Tiembla el techo mientras la congregación entera, en estrepitosa sintonía, se compromete a no cesar en su peregrinaje ni de noche ni de día.* La música baja y Harry Knight ya está en el púlpito.

Harry, se llame como se llame, encaja perfectamente en el papel. Sea lo que sea lo que represente el Servicio, él lo representa. Habla con sencillez, con franqueza, con sinceridad. Tiene un hálito de rectitud moral llevada con naturalidad. Mantiene ambas manos a la vista todo el tiempo y habla con fluidez, sin recurrir a ninguna nota escrita.

La rara belleza personal de Deborah, su ingenio.

La lamentable pérdida de su madre, tan temprana.

La suerte de haberse criado a la sombra de su padre, soldado, erudito, coleccionista de arte, filántropo.

Su amor al país.

Su determinación de anteponer el deber a su persona.

Su amor a la familia, el apoyo que recibía de su devoto esposo.

Su incomparable talento para los idiomas. Su claridad intelectual. Su rara capacidad de análisis.

Su amor al servicio, por encima de todo. Al Servicio.

* Se refiere a los dos últimos versos del himno *To Be a Pilgrim*, letra de John Bunyan (1684). *(N. del t.)*

¿Estarán los lugareños preguntándose en qué invertía tan insólitos talentos esa mujer que ellos recuerdan vagamente como miembro de algún comité? No parece que así sea. Julian no percibe desconcierto en sus fascinados rostros. Incluso cuando Harry Knight lee un mensaje personal del jefe de la exclusiva firma a la que la querida Deborah dedicó sus incansables esfuerzos durante años, la respuesta de los lugareños es un vago arrobo.

Otro himno.

Interminables oraciones.

Regresa toda la niñez de Julian, dispuesta a apoderarse de él.

El vicario luce un pasador con medallas. ¿Es un héroe de la localidad o trabaja en el mismo circuito que Harry Knight y Honour? Para ahorrarles esfuerzo a nuestros sobrecargados voluntarios, ¿harán los asistentes el favor de volver a colocar los libros de himnos y de salmos en el estante de debajo de los bancos, el que tienen delante, al salir? El entierro vendrá inmediatamente, solo familia e invitados, por favor. Se invita al resto de los congregados a trasladarse al hotel Royal Haven, a doscientos metros de aquí, bajando la cuesta. Quienes tengan alergias alimentarias hagan el favor de informar al personal del catering. Hay accesos para discapacitados. Mientras el órgano entra en un modo de lánguida desesperanza, Julian y sus camaradas porteadores ocupan sus puestos en torno al féretro y, dirigidos por el elegante empleado de la funeraria, desfilan lentamente en dirección al coche fúnebre que los espera, y luego se instalan con dificultades en el coche de detrás, para efectuar un recorrido alargado por una pista de arcilla roja, toda ella en obras. El vicario y seis o siete familiares han sido trasladados por delante. Los porteadores se ponen en fila. Los empleados más jóvenes de la funeraria extraen el ataúd. Los porteadores vuelven a formar. Lily y Edward se hallan a unos metros del borde de la sepultura. Lily se aferra al brazo de Edward, con los dedos juntos y blancos. Como un recordatorio más de su presencia, le ha apoyado la cabeza en el hombro.

Me dijo que mamá no lo quería cerca de su tumba. Yo le dije que si él no iba, yo tampoco. ¿Qué coño se hicieron el uno al otro, Jules?, le pregunta Lily al móvil, soñolienta, en la madrugada de hoy.

Siguiendo una serie de órdenes del empleado elegante, los seis porteadores se detienen, vacilan, luego se apartan el ataúd de los hombros —lo más difícil—, lo sostienen con las manos y lo sitúan con mucho cuidado en los listones de madera, luego sujetan las redes mientras los enterradores retiran los listones. Y así depositan a Deborah en su lugar de descanso.

—Una despedida maravillosa —observa Reggie, colocándose junto a Julian mientras bajan la cuesta en dirección al Royal Haven—. Deborah lo merecía. Y el pobre Edward ha aguantado bastante bien, ¿no le parece? Teniendo en cuenta las circunstancias.

Sí, pero ¿qué circunstancias son esas?

Eran de los últimos en llegar. Solo faltaba la familia.

—Tendríamos que conocernos, pero no —lamentó Harry Knight enérgicamente, mientras se estrechaban las manos.

Y cuando Julian dio su nombre:

—¡Ah, claro, ya sé quién es usted! Amigo de Edward, amigo de la familia. Me complace su presencia.

—Y yo soy Honour —dijo una mujer agradablemente difusa que llevaba un chal malva—. Y dice Lily que ha sido usted un apoyo maravilloso.

Una multitud de lugareños se había congregado en el extremo opuesto de la sala. De entre ellos surgió Celia, asistida de cerca por Bernard, con su abrigo de piel de camello.

—Me gustaría tener unas palabras contigo, joven señor Julian, si tienes un momento —dijo agarrándolo por el brazo de manera no muy amistosa—. Bien, vamos a ver. ¿Con quién has estado hablando?

—¿Ahora?

—A mí no me vengas con ahoras. ¿A quién le has estado cotilleando sobre mi gran colección y ciertas retribuciones informales que he recibido bajo mano?

—Celia. Por el amor de Dios. ¿A quién voy a irle yo con cotilleos?

—Por ejemplo, a esos amigos tuyos ricachones de la City, de quienes se suponía que ibas a estar pendiente.

—Quedamos en que si oía algo te lo diría. Y no he oído nada. Ni he hablado con nadie. ¿Te quedas tranquila?

—Quienes no se quedan tranquilos son sus majestades los inspectores del Impuesto sobre el Valor Añadido, y eso te lo digo gratis. Se ciernen sobre mi emporio como una verdadera turba. «Tenemos razones para creer, señora Merridew, que lleva usted muchos años recibiendo pagos bajo cuerda en calidad de comisiones sobre ciertas transacciones de porcelana blanquiazul no declaradas, y en consecuencia procedemos a embargar sus libros de contabilidad y su ordenador inmediatamente, a partir de este mismo momento.» ¿Quién ha podido contarles eso? No Teddy. Él nunca haría una cosa así.

La cara de rata de Bernard apareció sobre el hombro de Celia:

—Solo yo le dije que fuera a la policía, ¿verdad?, pero no fue —se lamentó—. A la policía, no. Nunca lo haría, ¿a que no?

Un tenue revuelo señaló la llegada tardía de la familia, con Edward aún del brazo de Lily. Julian estaba a punto de acercarse a ella cuando de nuevo se vio arrinconado por el muy enérgico Reggie, que hasta ese momento había estado repartiendo su encanto entre los huéspedes que nadie más atendía.

—¿Me concedes un momento, Julian?

Ya se lo había tomado. Estaban en un recoveco que conducía a la cocina, con personal del catering pasando junto a ellos con bandejas de vino y canapés.

—Un alto colega mío necesita hablar contigo —dijo Reggie—. Tiene que ser ya, me temo.

—¿De qué?

—Seguridad del entorno. Te ha comprobado, te tiene en muy alta consideración. ¿Te suena Paul Overstrand?

—Es quien me dio mi primer empleo en la City. ¿Por qué?

—Paul te manda sus mejores saludos. ¿Y Jerry Seaman, tu antiguo colega en la dirección?

—¿Qué pasa con él?

—Dice que eres una mierda de tío, pero que tienes el corazón en su sitio. Tengo el coche a la vuelta de la esquina, en Carter Street. Un BMW negro. Con una K roja en el parabrisas. ¿Lo tienes? Carter Street. BMW negro, K roja. Dame cinco minutos, luego sígueme. Dile a la gente que a Matthew le ha dado un ataque al corazón, o algo así.

Comerciantes, espías y burgueses de la localidad trababan conocimiento entre ellos. Edward y Lily permanecían de pie en la puerta, Lily abrazando a gente sin soltar el vaso, Edward mudo y erguido, estrechando todas las manos que le tendían. De los miembros pasados y presentes, solo unos pocos parecían conocerlo.

—Quieren hablar conmigo —dijo Julian, llevándose aparte a Lily—. Pretenden que ponga cualquier excusa estúpida. Voy a desaparecer, sin más. Te llamaré en cuanto pueda.

Y como si acabara de ocurrírsele:

—No creo que debas decírselo a tu padre.

Nada más pisar la calle, lo recibieron dos de los porteadores, que se mantuvieron a su lado durante los cincuenta metros que faltaban para Carter Street. El BMW negro estaba aparcado encima de una doble línea amarilla. A diez metros había un policía, mirando cuidadosamente hacia otro lado. Reggie estaba al volante. Detrás había un Ford verde. Cuando se pusieron en marcha, el Ford verde los siguió, con los dos porteadores sentados delante. Pronto se hallaron en campo abierto.

—Bueno, pues ¿cómo se llama? —preguntó Julian.

—¿Quién?

—Tu colega.

—Smith, creo. ¿Tienes el móvil a mano?

—¿Por qué?

—¿Te importa que lo guarde yo? —Tendiendo la mano izquierda—. Normas de la compañía, me temo. Te lo devolveré al final.

—Creo que voy a quedármelo, si te da igual —dijo Julian.

Tras activar el intermitente izquierdo, Reggie se metió en una oportuna zona de aparcamiento. Lo mismo hizo, detrás, el Ford verde.

—Bueno, pues vamos a empezar desde el principio —sugirió Reggie.

Julian le entregó el teléfono. Salieron de la carretera principal y tomaron caminos estrechos y vacíos. El cielo se había oscurecido. La lluvia se estrellaba a puñados contra el parabrisas. A la derecha se abría un camino sin asfaltar, y al lado había un cartel de SE VENDE con una tira de VENDIDO pegada encima. Rebotando en los baches, con el Ford verde detrás, entraron en una amplia instalación de graneros en ruinas, parcialmente techados de paja, y de pequeñas casas de obreros cayéndose a pedazos. En su centro se alzaba una granja abandonada, revestida de tableros descascarillados, y, a su alrededor, en parte a cubierto, una serie de vehículos de todas clases, desde coches de tipo medio y un autocar turístico hasta motos, bicicletas de paseo, ciclomotores y andadores y —lo más notable, a ojos de Julian— una furgoneta desvencijada, la misma, si no se equivocaba, que había servido de cobijo a dos apasionados amantes en el camino de Silverview.

Y por aquí y por allá, entrando y saliendo de las pequeñas casas, o trasteando en sus coches o sus motocicletas, una muestra igualmente surtida de la humanidad: parejas de mediana edad, mochileros, un cartero de uniforme, madres con sus hijos. Pero lo que más le llamó la atención a Julian fue su normalidad colectiva, y el hecho de que ninguna cabeza se volviera a mirarlo mientras Reggie lo conducía a la granja, ni cuando un hombre de buen talle, con un traje gris corriente y moliente, salvó ágilmente los peldaños rotos de la escalera y acudió a recibirlos, con una sonrisa de apuro y tendiéndoles la mano.

—Julian. Hola. Me llamo Stewart Proctor. Perdónenos este secuestro, pero me temo que es un asunto de interés nacional bastante urgente.

242

Julian no había dicho nada, pero no por falta de palabras o de indignación, sino porque se había dado cuenta, algo tarde, de que llevaba días, quizá semanas, esperando algún tipo de resolución. Habían dejado a Reggie en la puerta. A la luz de una anticuada linterna de plata, Proctor encabezó la marcha por la creciente oscuridad de la casa, pisando tejas rotas, bajo vigas peladas, por ventanales destrozados, hasta llegar a un jardín circular totalmente descuidado. En su centro se alzaba una cabaña de madera con la puerta abierta. Habían despejado un sendero entre la hierba alta. Una lámpara de aceite encendida colgaba del techo. Sobre una mesa de cerámica, whisky, hielo, soda y dos vasos.

—Un par de horas, como mucho, siempre que las cosas no se tuerzan demasiado —anunció Proctor, mientras escanciaba whisky en los dos vasos y le alargaba uno a Julian—. Luego lo devolveremos a usted a su localidad, sin tardanza. El tema de discusión, como supongo que ya habrá usted colegido, es Edward Avon, y su clasificación oficial es: algo más que alto secreto. O sea que, para empezar, firme usted aquí, si le parece, y mantenga la boca cerrada para siempre. —Tendiéndole un impreso y un bolígrafo que acababa de extraer del bolsillo interior de su chaqueta.

—¿Y si no me parece? —preguntó Julian.

—Todo se viene abajo. Lo detenemos a usted bajo sospecha de haber proporcionado ayuda y facilidades a los enemigos de la reina, y presentamos como prueba el ordenador del sótano. Ustedes dos se unieron, se confabularon, conspiraron. Utilizaron la biblioteca clásica como tapadera. Seguramente también querrán detener al pobre Matthew, por complicidad. Es mucho mejor que firme. Le necesitamos.

Julian cogió el bolígrafo y, encogiéndose de hombros, firmó sin leer.

—Parece usted menos sorprendido de lo que debería estar —dijo Proctor, recuperando su bolígrafo y guardándose el impreso en el bolsillo—. ¿Sospechaba algo?

—¿De qué?

—¿Hablaron Edward y usted alguna vez de una porcelana china de valor incalculable?

—No.

—En Silverview había una colección de esa porcelana.

—Eso tengo entendido.

—Si le dijera Amsterdam Bont, ¿no sabría usted de qué le estoy hablando?

—Ni la menor idea.

—¿Artículos Batavia?

—Tampoco.

—¿Imari? ¿Kendi? ¿Kraak? No, claro. ¿Le sorprendería, pues, el hecho de que estos y otros términos similares aparecían en gran abundancia en su ordenador antes de ser doblemente borrados?

—Me sorprendería.

—Pero no, presumiblemente, que su República de las

Letras y Las Cosas Antiguas de Celia tengan en común porcelana china de valor incalculable.

—No, ahora no —replicó Julian impasible.

—Por poner una nota más agradable, ¿ayudará algo que le diga que yo, igual que usted, tengo especial interés en su hija Lily, quien, como ambos sabemos, está libre de toda culpa?

—Siga.

—Además de proporcionar a Edward Avon un santuario, un ordenador y una tapadera, ¿le hizo usted en alguna ocasión algún favor especial, algún recado, que ahora, retrospectivamente, le plantee dudas, en un sentido muy amplio, por así decirlo?

—¿Por qué debería haberle hecho favores?

—Por qué es una pregunta diferente, ¿verdad? Hemos registrado su apartamento, por supuesto, mientras daba usted una de sus carreras matutinas. Y encontramos esto. —Tendiéndole a Julian un facsímil fotográfico de su diario de bolsillo—. Si va usted a la página del 18 de abril de este año, observará que ese día anotó usted el número de matrícula de un minitaxi londinense. ¿Lo ve?

Lo veía, sí.

—En la misma página está apuntada la hora de un tren. ¿Ipswich a LS, siete cuarenta y cinco de la mañana? ¿Estuvo usted en Londres ese día?

—Parece que sí, que debo de haber estado en Londres ese día.

—No por trabajo. Sospecho que se ofreció usted siguiendo los impulsos de su bondadoso corazón. El minitaxi cuyo número apuntó, y al que volveremos en un minuto, estaba contratado. Recogió a una pasajera en el domicilio de un cliente habitual del West End, la llevó a Belsize Park, la esperó durante veintisiete minutos y la devolvió al West End. Para que esté usted informado, le diré que el viaje se cargó a la Liga de Estados Árabes de Green Street. Fueron setenta y cuatro libras, incluidos el tiempo de espera y la propina. ¿Quién era esa mujer?

—No lo sé.

—¿Dónde se encontró con ella?

—En el cine Everyman, Belsize Park.

—Eso lo confirma el taxista. ¿Y de allí?

—Pasamos al café de al lado. Café restaurante.

—También confirmado. El encuentro fue a solicitud de Edward, entiendo.

Sí con la cabeza.

—¿Tenía usted algo personal que hacer ese día?

—No.

—O sea que hablamos de un desplazamiento ex profeso, también a solicitud de Edward, habrá que suponer, realizado como acto de caridad con muy escaso preaviso. ¿Estoy en lo cierto?

—Me lo pidió un día; fui al día siguiente.

—¿Tan urgente era, tan urgente para él?

—Sí.

—¿Por qué, se lo dijo?

—Era urgente. Hacía mucho tiempo que la conocía. Era fundamental en su vida. Le importaba mucho. Su esposa estaba muriéndose. El hombre me caía bien. Sigue cayéndome bien.

—Pero no tiene usted indicación alguna del papel que esa señora pudiese estar desempeñando en su vida, o haya podido desempeñar.

—Que estaba loco por ella. Eso fue lo que deduje.

—¿Cómo se llamaba?

—No me dieron ningún nombre. Mary, para entendernos.

Proctor no pareció sorprenderse.

—¿Y por qué la urgencia?

—No lo pregunté, no me lo dijo.

—¿Y el contenido de la carta? Su propósito. ¿Un mensaje?

—En efecto.

—¿Y no tuvo usted la tentación de leerla, en algún momento? No. Bien.

¿Por qué *bien*? ¿Palabra de *boy scout*? Seguramente, no hay más que mirarlo, a este hombre.

—Pero Mary, como usted la llama, leyó la carta en su presencia. Según la camarera, a quien dejó usted una buena propina.

—La carta la leyó Mary, no yo.

—¿Era larga?

—¿Qué dice la camarera?

—¿Qué dice usted?

—Seis caras escritas a mano por Edward. Más o menos.

—Y usted salió corriendo a comprarle papel y sobres y se los puso delante. Y cinta adhesiva. ¿Y luego?

—Y luego la señora escribió una carta.

—Que tampoco leyó usted, doy por supuesto. Dirigida a Edward.

—No puso señas. Me entregó el sobre en blanco y me dijo que se lo diera a Edward.

—Y ¿por qué anotó usted la matrícula del taxi?

—Fue un impulso. Era una mujer impresionante. Especial, de alguna manera. Supongo que deseaba averiguar algo más sobre ella.

—Si mira la página anterior de su diario, la del 17 de abril, toda ella, verá que hay una nota que usted se dirige a sí mismo. Sospecho que la escribió durante el viaje de regreso a Ipswich. ¿La ve?

La estaba viendo.

—Su nota dice: «Estoy bien, serena, en paz». ¿Quién dice eso?

—Mary.

—¿Se lo dijo a usted?

—Sí.

—Refiriéndose a sí misma, presumiblemente.

—Presumiblemente.

—¿Para qué le dijo a usted esas palabras?

—Para que se las repitiese a Edward. Para alegrarlo un poco. Eso fue lo que pasó. Le encantaron. Le dije que era muy guapa. Eso también le encantó. Lo era —añadió, desde lo más hondo de sus pensamientos.

—¿Así de guapa? —preguntó Proctor, pescando un álbum de fotos de debajo de su asiento, abriéndolo y mostrándoselo a Julian al otro lado de la mesa de cerámica.

Una mujer rubia con las piernas muy largas y un chaquetón de leopardo bajando de una limusina.

—Más guapa aún. —Devolviendo el álbum.

Mary hacía unos años. Mary con una kufiya blanca y negra alrededor del cuello. Mary en una tribuna al aire libre, hablando a una multitud árabe. Mary feliz, con el puño alzado. La muchedumbre celebrándolo. Banderas de muchos países. En lugar prominente, la bandera palestina.

—Edward dijo que ella estaba a salvo —dijo Julian.

—¿Cuándo le dijo a usted eso?

—Hará un par de días. Dando un paseo por Orford. Un sitio que le gusta.

De nuevo el silencio.

—¿Qué va a decirle usted a Lily? —preguntó Proctor.

—¿Sobre qué?

—Sobre lo que acabamos de hablar. Lo que ha visto. Lo que es su padre. O era.

—Acabo de firmarle a usted un compromiso para toda la vida, ¿no? ¿Por qué iba a decirle nada a Lily?

—Porque se lo dirá. O sea, eso: ¿qué va a decirle?

Julian llevaba preguntándose lo mismo desde hacía rato.

—Creo que, de un modo u otro, ya se lo ha contado Edward, más o menos —dijo.

Julian se había olvidado de que Lily tenía la llave de la librería y, en el mismo llavero, la de su piso, porque se las había dado él. De modo que cuando encendió la luz le costó trabajo aceptar que la chica estaba desnuda en su cama, que no era un sueño, y que le estaba tendiendo los brazos como quien se ahoga, con las lágrimas fluyéndole por las mejillas.

—Me pareció que ya era el momento de que mostráramos un poco de respeto por los vivos —le confió, un tiempo después.

12

—O sea que por fin te sentaron en la trasera de un Jaguar del Servicio —dijo Battenby, con un ojo en Proctor y el otro en la pantalla del ordenador que Proctor no veía—. Debe de ser la primera vez —caviló con la misma voz carente de expresividad.

—No me llegaba la camisa al cuerpo —confesó Proctor—. A ciento setenta por la A12, figúrate. No estoy hecho para eso.

—¿Los hijos en pleno desarrollo? —inquirió Battenby, y un nuevo toque al ordenador.

—Bastante, sí, gracias, Quentin. ¿Y los tuyos?

—Sí, todos estupendos. —Otro toque—. Ah, Teresa sube ahora. Ha estado haciendo sondeos.

—Oh, qué bien —dijo Proctor.

Sondeos, ¿dónde? Teresa, formidable cabeza del Departamento Legal del Servicio, Teresa, la que no tolera discusiones, está ascendiendo a la última planta, armada para la batalla.

Estaban reunidos en el despacho de Battenby, en la

última planta, los dos solos, Battenby ante su mesa desnuda, Proctor en un sillón de cuero negro que crujió al sentarse él. El bonito revestimiento de las paredes era de olmo *burl*, como correspondía a un funcionario de tan alto nivel. La escasa iluminación hacía que los nudos negros parecieran orificios de bala.

Quentin Battenby en la flor de la mediana edad. Lleva así desde que Proctor lo conoce. Pelo rubio peinado hacia atrás, que por fin empieza a ponerse gris. Pinta de actor de cine que no se da importancia. Buenos trajes, nunca se quita la chaqueta. Tampoco ahora. Nadie lo ha oído levantar la voz, nunca; tiene, o lo tiene ella a él, una esposa muy presentable, que se conoce el nombre de todo el funcionariado del Servicio, pero que, por lo demás, nadie ve. Pisito de soltero en la otra orilla del río. Casa en St. Albans, donde vive con su familia, bajo otro nombre. Apolítico, pero se supone que está en la cola para jefe, siempre que juegue bien sus cartas y los Tories ganen las próximas elecciones. Ningún amigo íntimo dentro del Servicio y, por consiguiente, ningún enemigo íntimo. Hombre de comité de primera clase. Los responsables del control parlamentario comen de su mano.

Si aceptamos que lo anterior sea un resumen de lo que se sabe de Battenby, Proctor, que lleva veinticinco años haciendo carrera con él, no tendría mucho que añadir. Su celestial ascenso viene siendo motivo de perplejidad para Proctor desde que lo conoce. Eran de la misma edad, del mismo año, el mismo ingreso. Habían asistido a los mismos cursillos de formación, trabajado hombro con hombro en las mismas operaciones, competido por los mismos nombramientos y ascensos, hasta que en un momento dado Battenby empezó a ponérsele por delante, poco a poco, siempre sin esfuerzo aparente, y también a saltos, desde hacía poco; de modo que hoy, mientras Proctor seguía partiéndose los cuernos en Seguridad Interior, faltándole ya poco para la jubilación, Battenby, con su voz monótona y su par de manos salvas y bien cuidadas por su manicura, tenía ya a la vista la corona de oro. Y, dígalo quien se atreva: porque Proctor se ha pasado la vida haciendo el verdadero trabajo.

—¿Te molestaría muchísimo, Stewart?

Proctor, obedientemente, abrió la puerta. Entra Teresa, alta, temible, de zancada larga, vestida de mujer empoderada, de negro, llevando una carpeta marrón con una cruz diagonal verde desplegada por toda la cubierta, el más terminante símbolo de «No tocar» que utiliza el Servicio.

—Entiendo que ya estamos todos, ¿verdad, Quentin? —señaló, instalándose, sin esperar a que se le indicase, en el otro sillón, y subiéndose la falda negra para poder cruzar las piernas con comodidad.

—Sí —dijo Battenby.

—Bueno, pues eso espero, puñetas. Y también espero que no estés grabando esto, ni utilizando ningún otro truco de listillo. ¿Nadie?

—Absolutamente nadie está utilizando nada.

—¿Y los encargados no habrán dejado nada funcionando, por algún error? Porque en este sitio nunca se sabe.

—Lo he comprobado —dijo Battenby—. No estamos aquí. Stewart. Ponnos al día. ¿Estás listo para empezar?

—Más te vale, Stewart, porque hay lobos aullando delante de nuestra puerta, y tengo que llevarles algo antes de que cante el gallo. ¿Cómo está la deliciosa Ellen? Llevándote por la calle de la amargura, espero.

—En plena forma, gracias.

—Pues me alegro de que haya alguien en plena forma. —Alargando un brazo y estampando la carpeta con la cruz verde contra la mesa de Battenby—. Porque lo que tenemos aquí ahora es un follón de mil pares de narices.

En circunstancias más favorables, Proctor habría arrancado con un retrato de Edward Avon tal como había llegado a conocerlo durante las últimas semanas: simplista, ingenuo hasta la saciedad, herido desde la cuna, muy obstinado a veces y seguramente demasiado dotado de celo romántico; pero también era el prototipo del leal agente ejecutivo, para todas las circunstancias, que había luchado en la guerra fría por nosotros y que gestionó el asunto de Bosnia con la mejor voluntad, hasta que un episodio de pesadilla le hizo tomar el camino equivocado. Pero ese no era el auditorio ni el momento para alegar atenuantes. Solo los hechos podían aportarlos. Y se propuso que eso fuera lo que ocurriese:

—No sé cuánto habéis visto de las propuestas bajo manga que el laboratorio de ideas de Deborah comunicó en los prolegómenos de la guerra de Iraq. ¿Tú las has visto, Quentin?

—¿Por qué? —preguntó Battenby, para desconcierto de Proctor.

—Era algo que le ponía a uno los pelos de punta. Inspiradas en nuestra mejor inteligencia, pero animadas por una percepción política, pensaba uno, más que por un viable sentido de la realidad. Bombardeo simultáneo de ciudades islámicas importantes, entrega de Gaza y el sur del Líbano a Israel, programa de asesinatos selectivos de jefes de Estado, enormes ejércitos secretos de mercenarios internacionales bajo banderas falsas, sembrando la catástrofe por toda la región en nombre de gente que no era de nuestra complacencia...

Teresa ya había oído suficiente.

—Ladridos de lunáticos a la luna, ¿quién lo duda? —interrumpió con impaciencia—. El caso es, Stewart, que exactamente en el mismo momento en que estas peligrosas chifladuras circulaban por los pasillos más anchos del poder, Deborah Avon acudió a ti y te dijo, en plan semiconfidencial, aunque no sé qué significa eso, que había pillado a su amado marido husmeando en su habitación segura, buscando, en su opinión, algo que devorar, y tú la acogiste con frialdad y pusiste una nota muy aguada en su carpeta diciendo que tenía graves problemas de salud y de exceso de trabajo y que veía rojos hasta debajo de la cama. Esto va a hacer falta que lo aclares en cualquier investigación pública que haya.

Proctor se había preparado para ese momento y reaccionó bastante bien:

—Florian y Deborah habían tenido una discusión sobre los hechos concretos de este asunto, Teresa. Quedó sin resolver. Deborah estaba exhausta, como yo puse en el informe, y Florian llevaba bebiendo todo el día...

—Eso no lo pusiste.

—No había ninguna otra prueba, de ninguna fuente, de que hubiera espiado a su mujer, ni a nadie, y yo, como jefe de Seguridad Interior, no me veía de árbitro en una disputa conyugal.

—Y ¿no se te pasó por la cabeza preguntarte por qué Florian se habría emborrachado hasta perder el seso en mitad de una situación de película, como de *Descubriendo la verdad*? Y ahora, hoy, ¿no miras hacia atrás y piensas: Fue entonces cuando cayó? —preguntó Teresa.

—No —dijo Proctor, dando así por respondidas ambas preguntas.

Battenby, con su voz neutra, necesitaba saber cómo había podido ocurrir que los monitores de Cheltenham, objeto de permanentes sospechas en el Servicio, hubieran fracasado tan escandalosamente en la tarea.

—Y eso durante un período de diez años, o más —añadió en tono de reproche—. Lo que a mí me parece es que, visto con objetividad, son ellos quienes deben afrontar el caso más grave, si las cosas llegan tan lejos, quiero decir legalmente, Teresa. Dejando completamente de lado toda noción de rivalidad dentro del Servicio, porque eso pertenece al pasado, según sabemos todos, ¿no?

—Hablé con su hechicero mayor esta mañana y se quedan fuera. Era nuestro caso, no les habíamos proporcionado información, ni contexto, no tenían motivo para olerse el tinglado. Es eso tan viejo de ¿Qué significa *naranjas*? Para un terrorista, una tonelada de naranjas puede significar una tonelada de granadas de mano; pero para un mayorista del mercado son eso, una tonelada de naranjas. Exactamente lo mismo ocurre con la porcelana china blanquiazul. Era un trato normal entre comerciantes, un negocio. No era tarea de Cheltenham, o no lo era hasta la semana pasada, averiguar quién más estaba a la escucha, ni cuáles podían ser la afiliaciones étnicas y políticas de un determinado negociante. Y ese no es más que el argumento número uno —prosiguió, sin hacer caso de la mano que Battenby levantaba—, porque Cheltenham nunca se conforma con uno si puede haber dos. El argumento número dos es que las claves utilizadas, y otras primitivas técnicas de encriptación, estaban tan por debajo de su radar que un niño de nueve años lo podría haber descifrado todo de un vistazo. Pues oye, dame unos cuantos niños de nueve años así, le dije. La mitad de nuestros empleados no son mucho mayores, de todas formas. Fin de la conversación.

259

—¿Qué te parece a ti, Stewart: se le ha dicho a Cheltenham algo explícito sobre el motivo de nuestra investigación? —preguntó Battenby, desde muy lejos—. ¿De algún modo, al pasarles alguna información, dirías tú que les hemos dado a entender que esto podría ser una preocupación de seguridad interna en el Servicio?

—Rotundamente no —replicó Proctor, con seguridad—. Les pasamos un comunicado de cobertura para todo el pueblo, con la porcelana blanquiazul subrayada. Sin contenido, sin explicación. De eso es de lo que se quejan. También pusimos énfasis en posibles llamadas telefónicas aberrantes de comerciantes y casas privadas. A Florian se le da muy bien utilizar teléfonos ajenos. Siempre paga las llamadas, por supuesto, no deja a nadie descontento. Hay un café de mala muerte en la costa. Lo lleva una polaca. Dieciocho llamadas a Gaza en un mes, por un total de noventa y cuatro minutos.

—¿A...? —quiso saber Battenby, tocando su ordenador.

—Sobre todo a un pacifista llamado Felix Bankstead, pareja de hecho de Ania, la antigua colega de Florian —replicó Proctor, agradecido por la pregunta, que le daba la oportunidad de diluir otras transgresiones de Florian, más graves—. Florian y Bankstead llevan relacionándose desde Bosnia. Bankstead gestiona un montón de *newsletters* medioorientales solo para suscriptores, *Felicitas*. Florian lleva años colaborando en esas publicaciones, bajo toda una gama de seudónimos. Cosas polémicas, evidentemente. Bankstead opera como editor suyo y le poda los textos.

Teresa no se dejó impresionar.

—Eso también hará reír un poco al tribunal: pague usted su suscripción de cincuenta libras al año y podrá leer lo último de los grandes maestros del espionaje británico. Pero, atención, seguro que guardó sus mejores esencias para Salma. Ella tenía preferencias, ¿no es así, Stewart?

—¿Y qué uso hizo de ellas, exactamente, según tú, Stewart, así, en general? —añadió Battenby.

—Distribuirlas como mejor le parecía, cabe suponer —dijo Proctor, a la defensiva—. A quién, cómo, no lo sabemos aún. Pero sin duda para contribuir a sus esfuerzos pacifistas, por equivocado que algo así nos suene a nosotros. —Y, recuperando el ánimo—: Quiero decir, el hecho es, Quentin, que, siguiendo muy estrictas instrucciones tuyas, no hemos entrado para nada en la cuestión del daño. Tu opinión era que en el momento en que soltáramos a los analistas del Foreign Office, les contáramos lo que les contáramos como tapadera, ya no habría marcha atrás posible. Algo que ahora, por el momento, no ocurre.

—*Inshal-lá* —murmuró Teresa con devoción.

—Que era como tú querías que se hiciese, Quentin.

—Y ¿cuál dirías tú, Stewart, en general, por ejemplo, que es el tono —dijo Battenby, optando por no oír lo anterior— de las muchas colaboraciones anónimas de Florian a *Felicitas* y otras publicaciones hermanas? —añadido con su voz más especulativa, menos comprometida.

—Pues muy en la línea de lo que cabía esperar, subjefe. El empeño de Estados Unidos de manejar Oriente Medio a toda costa, la costumbre que tienen de lanzar una nueva guerra cada vez que se ven obligados a afrontar los efectos de la que lanzaron antes. La OTAN, una reliquia de la guerra fría, que hace más daño que otra cosa. Y Reino Unido, pobre, sin dientes, sin liderazgo, siguiéndolos a rastras, porque sigue soñando con su propia grandeza y no sabe con qué otra cosa soñar —dijo Proctor, dejando tras de sí un breve silencio, interrumpido luego por Teresa, quien experimentó la necesidad de un giro cáustico:

—¿Te ha comentado Stewart lo que tuvo el valor de escribir el cabrón ese sobre el Servicio en uno de sus horrendos periodicuchos? —le preguntó a Battenby.

—Que yo sepa o recuerde, no —dijo Battenby, con cautela.

—Según escribió Florian, bajo el nombre de John Smith, o el que se pusiera, todo el follón de Iraq es un producto del gallardo servicio secreto británico. ¿Por qué? Porque sus espías más celebrados de todos los tiempos, T. E. Lawrence y Gertrude Bell, dibujaron las fronteras de la zona con una regla y un lápiz, en una tarde. También tuvo el tupé de recordar a sus lectores que fue este Servicio, en el más persuasivo de sus discursos, el que convenció a una CIA ansiosa de poder para que derrocara al mejor líder que Irán ha tenido nunca, precipitando así la puñetera Revolución.

Esto podría haber quitado un poco de hierro al asunto, pero, a ojos de Proctor, tuvo el efecto contrario en Battenby, que quedó inmerso en algo semejante a una profunda meditación: es decir, que su límpida mirada azul permanecía clavada en la ventana ennegrecida, en busca de inspiración, mientras una mano acicalada tiraba del labio inferior.

—Tendría que haber acudido a nosotros —dijo—. Lo habríamos escuchado. Habríamos estado ahí, para él.

—¿Florian acudir? —preguntó Teresa incrédula—. ¿A pedirnos que hiciéramos cambiar de política a los norteamericanos? ¿Y qué más?

—Es un caso histórico. Nunca se repetirá y no hay daño demostrado —prosiguió Battenby su discurso a la ventana—. ¿Les habéis dicho eso?

—Se lo he dicho, con todas las letras. Que me lo hayan comprado es otra cuestión —dijo Teresa.

Proctor había decidido mantener un perfil bajo. ¿Había revelado Florian los planes del Servicio, o su paralización? ¿O sus fuentes, o el hecho de que en buena parte el Servicio hubiera tirado por la ventana una larga tradición de asesoramiento objetivo en favor de una atolondrada incursión senil por los bosques salvajes de la fantasía colonial?

Battenby, hallando motivo para considerarlo todo irrelevante:

—Y es refutable. Florian no es plenamente británico. Lo podemos arreglar. Nunca fue miembro fijo de nuestro Servicio, empleado ocasional, como mucho. Una manzana podrida.

Teresa no se calmó:

—Quentin. Coño. ¿Has leído la necrológica de Deborah en el *Times* del jueves? Textualmente: «A lo largo de los últimos veinticinco últimos años, Debbie, como la llamaban sus colegas, fue una de los agentes de inteligencia más talentosos de Reino Unido. Esperemos que algún día pueda contarse la historia de su contribución al bienestar de este país». Florian era su marido, ¿no? ¿Estás diciendo en serio que si nos lo cargamos veinticuatro horas después de la muerte de su mujer la prensa no se va a enterar?

Proctor se preguntó si era eso lo que sugería Battenby, suponiendo que de veras estuviese sugiriendo algo. ¿Dónde había estado todo ese tiempo? ¿En algún sitio? ¿O sentado entre los espectadores, esperando a ver quién tiraba más fuerte de la soga?

—O sea que, por el bien del Servicio, en general —Battenby continuó diciéndole a la ventana, como si «en general» lo situara a una gran distancia—, lo que buscamos aquí es una limitación de los daños.

Su voz no había subido, pero ya no era tan neutra: más bien, a oídos de Proctor, un ensayo de voz para un comité. Cuando prosiguió, el énfasis empezó a encontrar su sitio:

—Habrá que adoptar una postura muy fuerte con él, desde luego. Lo que pretendemos aquí es una confesión definitiva y sin reservas, que cubra todos los aspectos de su traición. Tomada durante semanas, o incluso meses, si hace falta, y para distribución mínima. Para ojos de ministro, solamente. Todo lo que él le dio a ella, desde el primer día. Según él, qué hizo ella con lo que le dio, y con qué finalidad. Sin eso, ninguna perspectiva de acuerdo. Ninguna. Nuestros términos tendrán que ser —dio la impresión de que le costaba trabajo utilizar esas palabras— absolutos, draconianos y no negociables.

—Igual que los de ellos —cortó Teresa furiosa—. En Whitehall tienen un cabreo de narices, no sé si lo sabes. No se les puede pedir que mientan como bellacos por la mañana para dejarse pillar en paños menores por la tarde. ¿Podemos nosotros, el Servicio, garantizar que no van a leer «Las aventuras de Florian: Volumen uno» en el *Guardian* de mañana? Si le cargamos toda la culpa a Florian, ¿funcionará? Porque, visto lo hecho hasta ahora, eso no parece muy probable, si quieres que te diga la opinión de los abogados de Whitehall. Y si quieres la mía, esto es lo más que he podido conseguir de ellos —abriendo su carpeta marrón y mostrando un documento de aspecto muy oficial con un trozo de cinta verde colgando—: se lo saqué con dolor, hace tres horas, y no están dispuestos a cambiar una coma. Si Florian no lo firma, se acabó lo que se daba.

Una hora después. Proctor quizá piense que ya ha tenido bastante, pero en la entrada le esperan buenas noticias. Al recoger el móvil que había depositado en Seguridad, se encuentra con un mensaje de texto que le envió Ellen hace dos horas. Va camino de Heathrow. La excavación, al parecer, no era lo único que se había fastidiado.

13

Proctor salió de Londres a las nueve de esa mañana, al volante de un Ford del Servicio, con mucho tráfico, con su acostumbrada cautela y con un traje mejor de lo habitual. En su bolsillo interior iba el largo y fino documento en semipergamino que él creía firmemente que libraría a Edward de la cólera que de otro modo lo aguardaría. Para su fuero interno, y para nadie más, Proctor consideraba que ese documento era la tarjeta de Edward para salir libre de la cárcel. Ahora, lo que quedaba era llevárselo a Edward, que lo leyera, que lo pensara y que lo firmase.

Una hora antes, todavía desde Dolphin Square, había llamado por teléfono a Silverview sin obtener respuesta. En vista de lo cual llamó inmediatamente a Billy, jefe experimentado y de confianza de la sección de Vigilancia Interior del Servicio, que, desde el momento en que llegó la carta de Deborah, venía manteniendo una cobertura de saturación sobre el terreno de Florian. Por razones de seguridad, Billy había tomado la prudente decisión de presentar esa operación a su equipo como si fuese un ejercicio de entrenamiento, diciéndoles además que su presa era un antiguo directivo que se encargaría de ponerles notas según resultados.

No, dijo Billy, Florian no ha emergido de su casa, y lo que ocurre, seguramente, es que no coge el teléfono:

—Tiendo a pensar que está muerto para el mundo, francamente, Stewart. Yo en su lugar lo estaría. Lo acompañamos a casa ayer, después del entierro. Tuvo a su Lily consigo hasta las once y diez. La vimos irse a la librería de su joven amante. Florian estuvo un rato andando de un lado a otro, vimos su sombra. A las tres de la madrugada apagó la luz de su dormitorio.

—¿Qué tal los chicos y las chicas, Billy? ¿No te pasas con ellos?

—Mira lo que te digo, Stewart, nunca he estado más orgulloso de ellos de lo que estoy ahora.

Proctor consideró luego la posibilidad de enviar a Billy o a uno de sus vigilantes a despertar a Edward, y decidió que no. Lo que hizo, a las ocho y media, fue llamar a la librería desde el coche para hablar con Julian, que respondió atentamente. ¿No estará por ahí Lily?

No estaba. Lily había cogido el coche y se había ido a casa de la tía Sophie, en Thorpeness, a recoger a Sam y a dejar luego a Sophie en Silverview. ¿Había algo que Julian pudiera hacer para echar una mano?

La noticia sirvió de secreto consuelo a Proctor, que

aún se sentía culpable tras la reunión con Lily en la casa segura.

Ahora tenía otra idea. Le resultaba importante que Edward pudiera echarle cuanto antes un primer vistazo al documento por el que iba a renunciar a su vida, una vez firmado. O sea que, sí, pensándolo bien, sí había algo que Julian podía hacer para echarle una mano: ¿disponía de impresora?

—¿Para qué? —le preguntó Julian, ya no tan atento.

—Para utilizarla con el ordenador, claro, ¿para qué va a ser?

—Los ordenadores me los robaron ustedes, ¿o no se acuerda ya?

—Bueno, pues ¿tiene fax en la tienda? —insistió Proctor, insultándose por su estupidez.

—Sí, tenemos fax, Stewart. En el almacén, ahí tenemos el fax.

—¿Quién lo maneja?

—Puedo hacerlo yo, si es eso lo que me pide.

—Sí. ¿Puede mantener alejado a Matthew mientras lo utiliza?

—Puede hacerse.

—¿También a Lily? —Y, ante el marcado silencio—: No quiero preocuparla con esto, Julian. Ya tiene bastante encima. Tengo que hacer llegar un documento urgente a su padre. Solo para sus ojos. Una cosa que tiene que firmar. Todo muy positivo y constructivo, dadas las circunstancias, pero habrá que hablarlo. ¿Está usted conmigo?

—Hasta cierto punto.

—Se lo voy a mandar a usted por fax. Quiero que lo meta en un sobre, que se lo lleve directamente a Edward y que le diga: De parte de Proctor, que lo leas con atención, que él está en camino, y que cuando y donde quieras nos reunimos para aclarar este asunto. Luego me llama a este teléfono y me contesta en una sola línea: hora y sitio.

Le sorprendió estar hablándole a Julian como le hablaría a cualquier novatillo del Servicio, pero es que ya lo tenía decidido: el librero había nacido para servir al Servicio.

—¿Por qué no enviar un email a Silverview? —objetó Julian.

—Porque Edward, en principio, no posee ordenador propio, Julian, como usted bien sabe.

—Y ustedes le han robado el suyo a Lily, supongo.

—Lo hemos recuperado. Nunca fue propiedad suya. Y Edward no coge el teléfono, como usted también sabe. Así que de usted depende. ¿Me da su número de fax?

Tampoco le molestó demasiado a Proctor que Julian mostrara un poco de carácter:

—¿Cree usted en serio que no voy a leer eso?

—Doy por supuesto que sí, Julian, y no me importa gran cosa —replicó sin darle importancia—. Limítese a no enseñarlo por ahí, porque le puede costar muchos años de cárcel. Usted también ha firmado un documento. ¿Me da el número de fax?

A continuación Proctor llamó a Antonia, le dio el número de fax de Julian y le cursó instrucciones de que, por seguridad, confirmara que pertenecía a Los Buenos Libros de Lawndsley. Si así era, debía enviar inmediatamente a ese número la tarjeta de Edward para salir libre de la cárcel.

Antonia puso reparos. Necesitaba una firma.

—Pues que te lo firme Teresa —contestó Proctor de inmediato—. Pero ya.

Al propio Proctor le chocaba la naturaleza de andar por casa de esos intercambios, dada la enorme dimensión de lo que estaba por resolver, pero llevaba el tiempo suficiente en su trabajo para saber que los acontecimientos trascendentales tendían a comportarse inadecuadamente en los pequeños escenarios.

Cuando llegó a la A12, a las diez y veinticinco, Julian ya lo había llamado con la respuesta de Edward:

Proctor tenía que ir solo. No se encontrarían en Silverview, donde no estarían tranquilos. Edward sugería Orford. Si hacía buen tiempo, Edward esperaría en el muelle a las tres de la tarde; si no, en el café Shipwreck, veinte metros más allá.

—¿Cómo se lo ha tomado? —preguntó Proctor con cierta ansiedad.

—Bastante bien, según todos los testigos.

—¿Testigos? ¿No lo ha visto usted?

—Sophie me abrió la puerta. Edward estaba arriba, en su cuarto de baño. Había pasado muy mala noche, según Sophie. Le di el sobre a ella, ella lo subió y al cabo de un tiempo bajó con la respuesta.

—¿Al cabo de cuánto tiempo?

—Diez minutos. Lo suficiente como para que lo leyera dos veces.

—¿Cuánto tiempo tardó usted en leerlo? —Broma.

—No lo leí, por raro que parezca.

Proctor lo creyó. Habría preferido que Julian entregase el sobre en persona, pero, teniendo en cuenta que Sophie, en otra vida, había sido una muy devota subagente de Edward, difícilmente habría podido desear un intermediario más fiable. También lo complacía la idea de que Sophie estuviese en Silverview, con lo complicadas que estaban las cosas. Si Edward se angustiaba, lo cual difícilmente podía no suceder, ella le aportaría su influjo tranquilizante.

Tras aparcar en un área de descanso, tecleó el código postal en el navegador por satélite, examinó el mapa, luego llamó a la Oficina Central para poner al corriente del planteamiento a Battenby. Battenby no estaba en su despacho. Proctor le pasó el mensaje a su ayudante. Lo siguiente que hizo fue comunicar a Billy los nuevos planteamientos. El equipo debía mantener su vigilancia de la casa hasta que Edward la abandonara, dejando luego un retén estático hasta su regreso. El resto del equipo debería vigilar los accesos a Orford, la plaza del pueblo y las salidas laterales.

«Pero voy a necesitar espacio, Billy, por favor. El hombre va a tomar una decisión vital. Que en las inmediaciones del muelle no haya nadie haciendo como que se compra un helado. Esas se las sabe todas. Quiero que se dé cuenta de que tiene privacidad.»

Dicho en otras palabras, quería a Edward para él solo. Ya habían dado las doce del mediodía. El tiempo pintaba bien. Al cabo de tres horas, Edward estaría esperándolo en el muelle. Cuanto más pensaba en el inminente encuentro, más se complacía en la posibilidad. Operacionalmente, Edward era su premio. Lo había perseguido y lo había arrinconado, y ahora estaba a punto de conseguir de él una revelación completa, el *summum*: daños, fuentes secundarias —si las hubiera—, *modus operandi*, simpatizantes conocidos o sospechosos en el seno del Servicio..., todo bastante teórico, imaginó, ya que Edward no era otra cosa que un agente solitario. Y —objetivo número uno— todo lo que supiera Edward de la red de usuarios finales de Salma, la identidad de las personas que le pasaban o le cancelaban las instrucciones, si se las daban, y su red personal, si la tenía.

Y cuando todo esto quedara resuelto y aclarado, le haría con toda franqueza, de hombre a hombre, la pregunta final: ¿Quién eres, Edward, tú, que has sido tantas personas y has pretendido ser unas cuantas más? ¿Con quién nos encontraremos una vez retiradas todas las capas de disfraces? ¿O acaso no eres más que la suma de tus disfraces?

Y, si eso es lo que eres, ¿cómo has podido soportar un matrimonio sin amor, año tras año, en aras de otro amor más grande, al menos según Ania, con muy pocas posibilidades de realizarse?

Esas preguntas eran de principiante, por supuesto. Y, al hacerlas, Proctor podía estar revelando sin querer un cierto exceso de consuelo, aunque solo fuera por lo intenso de su curiosidad. Pero la caza había terminado, no había nada que perder. La idea misma de una pasión devoradora lo desconcertaba, y más aún que esa pasión rigiera la vida de una persona. No había compromiso absoluto que no le pareciera un grave riesgo de seguridad a su bien aleccionada mente. La ética entera del Servicio estaba totalmente —él casi habría dicho absolutamente— en contra, salvo cuando se trataba de manipular el compromiso absoluto de un agente que dependiera de ti.

Pero Edward era una criatura distinta de cualquier otra que Proctor hubiera conocido, eso se lo concedía de entrada. Alguien de talante filosófico —del que Proctor, en general, carecía— habría tenido motivo para decir que Edward era la realidad, y Proctor un mero concepto, porque Edward había padecido muchos de los infiernos que trae la vida, y Proctor solo había observado unos pocos.

¿Qué se siente habiendo sido forjado en ese horno de culpa y vergüenza?, se preguntó. ¿Sabiendo que puedes pasarte la vida intentándolo sin liberarte nunca de esa mancha? Invertir todo lo que eres, una y otra vez, solo para ver cómo te lo quitan de debajo de los pies, ya

sea en Polonia o —de manera más decisiva y literal—
en Bosnia.

Recordó el primer informe sobre Florian que man-
dó Barnie desde París: su más reciente y emocionante
«joven agente potencial en desarrollo», con sus refe-
rencias al «pasado polaco bien escondido» de Florian,
como si ese pasado no fuera el de su padre, sino de Edward, algo que le había sido impuesto al nacer y que
permanecía enterrado a ojos de todo el mundo, menos
los de Barnie. Y, al final de ese párrafo fulminante, la
conclusión: ese mismo pasado enterrado será «el motor que impulsará a Florian a trabajar para nosotros
contra el comunismo, en cualquier tarea que se le pro-
ponga».

Y sí: ese motor lo arrastró..., hasta quedar reemplaza-
do por otro motor más poderoso: Salma, viuda trágica,
madre despojada de su hijo, extremista del pacifismo
laico y amor inalcanzable para siempre.

Intelectualmente, Proctor era capaz de identificarse
con eso. Y, en sus discusiones de amplio alcance, haría
todo lo posible por dejar aparte el hecho de que, se mirase como se mirase, Edward había traicionado los secretos de su país espiando a su mujer, un delito que bien
podría costarle veinte años a cualquiera.

¿Seguía Edward teniéndole apego al Servicio, a pesar
de sus muchas imperfecciones? También pensaba preguntarle eso. Y probablemente diría que sí, como nos
pasa a todos.

¿Pensaba Edward que el Servicio era más bien el problema que la solución? También lo pensaba Proctor, a veces. ¿Temía Edward que, dada la falta de coherencia de la política exterior británica, el Servicio estuviera sacando los pies del plato? Bueno, pues esa misma idea se le había pasado por la cabeza a Proctor, y no tenía más remedio que reconocerlo.

Volviendo a Lily por un momento. El horizonte se presentaba algo más despejado en ese frente. Daba la impresión de que la pobre chica estaba emparejada con un tipo realmente válido. Si Jack acababa teniendo el mismo sentido común de que Julian había dado muestras el día anterior, en la granja, Proctor estaría algo más que contento. Y si Katie, que, entre otras virtudes, ya poseía una sabiduría práctica muy consistente, conseguía colocarse con alguien igual de equilibrado... Aplausos sin reserva.

Y de ahí, suponiendo que no hubieran estado con ella todo el tiempo, sus pensamientos regresaron a Ellen, y a quién o qué la había convencido de que cambiara de opinión con respecto al año sabático, y si habría sido verdaderamente ese arqueólogo tan guapo. En caso afirmativo, ¿era ese su primer desliz, o ya había tenido otros que Proctor ignoraba? A veces, el matrimonio entero es una tapadera.

Y eso era todo lo lejos que habían viajado sus pensamientos —o al menos todo lo lejos que Proctor fue capaz de recordar luego— cuando Billy le transmitió la inquietante noticia de que Florian aún no había emergido. De

278

Silverview a Orford había como mínimo cuarenta minutos de coche. La cita era para dentro de treinta.

—¿Dónde está el coche? —preguntó Proctor.

—Sigue en la entrada. Lleva ahí toda la noche.

—Pero él utiliza taxis, ¿verdad? Puede haber llegado un taxi por la puerta de detrás.

—Stewart. Tengo controlada la puerta delantera, la trasera, la del jardín y la lateral, y todos los ventanales, además de la ventana de arriba y...

—¿Sigue allí Sophie?

—No ha salido.

—¿Lily?

—En la librería. Con Sam.

—¿Ha llamado alguien a la puerta de la casa desde que llegó Sophie?

—Un cartero con su silbato, a las once y diez, el mismo de todos los días. Correo basura, por la pinta. Cambió unas palabras con Sophie, en la puerta, y se marchó.

—¿Quién está en Orford?

—Estoy en la plaza, en el pub, y en el escaparate del restaurante de pescado. No estoy en el muelle porque dijiste que no. ¿Quieres algún cambio o seguimos así?

—Seguimos así.

Proctor tenía ahora que tomar una decisión, y lo hizo rápidamente. ¿Debía incorporarse a la vigilancia de Silverview, dando vueltas con la furgoneta de Billy? ¿O debía dar

279

por supuesto que Edward había logrado escurrir el bulto, de algún modo, y llegaría a Orford por algún otro medio? La posibilidad de que se hubiera escondido, sencillamente, no le preocupaba de veras. Un hombre a quien van a hacerle entrega de la tarjeta para salir de la cárcel siempre estará ahí para recogerla, sin quitarse de en medio.

Gire a la izquierda para Orford. Cinco kilómetros. Él gira a la izquierda.

Carretera de un solo carril con zonas de adelantamiento. El castillo aparece a su derecha. Se acerca un minibús blanco. Se aparta para dejarlo pasar. Mochileros felices: sospecha de Billy, puede ser un cambio de guardia. Que a ninguno de vosotros se le ocurra acercarse al muelle.

Entra en la plaza. Aparcamiento en el centro. En la esquina izquierda, una vía de acceso al atracadero. Lo toma, lentamente, admirando las casas de pescadores de ambos lados. Una escasa hilera de peatones en ambas direcciones, pero no Edward.

El atracadero se extiende frente a él y, más allá, barcas pequeñas, el promontorio, niebla, mar abierto. ¿Aparcar, o no aparcar? Aparca, ignora el parquímetro, baja hacia el muelle por un camino peatonal, a toda prisa.

Una corta cola de turistas esperando el *tour* en barco. Un café con terraza exterior. Gente tomándose un té. Gente tomándose una cerveza. Mira por el escaparate del café, recorre la terraza con la vista. Si estuvieras aquí no estarías escondido. Estarías buscándome.

En la puerta abierta de un cobertizo, dos pescadores con toda la pinta de ser del pueblo están barnizando un bote volcado.

—¿No habrán visto ustedes a un amigo mío? ¿Avon, Teddy Avon? Viene mucho por aquí, creo.

Nunca hemos oído ese nombre, jefe.

Vuelve al coche, llama a Billy. Ni pío, Stewart.

En contra de todos sus instintos, Proctor el profesional toma ahora una medida de precaución y llama a Antonia, su ayudante:

—Antonia. ¿Cuántos pasaportes de evasión tenía Florian?

—Un momento. Cuatro.

—¿Cuántos están caducados?

—Ninguno.

—Y no los hemos parado.

—No.

—O sea que él los ha ido renovando y nosotros no hemos hecho nada al respecto. Maravilloso. Páralos todos ahora mismo, incluido el legal, el pasaporte británico, y líate a gritos con todos los puertos, que lo detengan nada más verlo.

Llamar a Julian. Tendría que haberlo hecho antes.

Para cuando Proctor entró por las puertas de Silverview, Julian y Lily ya llevaban allí un buen rato, como se les había pedido. El Land Cruiser de Julian estaba en la entrada y ambos se hallaban a punto de salir de la casa. Lily iba con la cabeza baja y así la mantuvo al pasar junto a Proctor para entrar en el coche y sentarse en el asiento del pasajero.

—Edward no está en casa —le dijo Julian a Proctor, como triste, plantándosele delante—. Hemos registrado la casa de arriba abajo. Ninguna nota, nada. Debe de haber salido a toda prisa.

—¿Cómo?

—Ni idea.

—¿Tendrá Lily alguna idea?

—Yo si fuera usted no se lo preguntaría en este momento. Pero no.

—¿Y Sophie?

—Está en la cocina —informó Julian en tono cortante, y se subió al Land Cruiser al lado de Lily.

Cocina amplia y lúgubre. Una tabla de planchar. Olor a día de colada. Sophie sentada en un sillón de madera con cojines de tartán. Pelo blanco revuelto. El batallado rostro de abuela polaca de la frontera oriental.

—Es un misterio —dijo, como si la palabra solo se le hubiera ocurrido tras pensarlo mucho—. Cuando llegué aquí, Edward estaba normal. Quiere un té. Le hago un té. Quiere darse un baño. Le preparo el baño. Luego llega Julian. Julian trae una carta importante para Edward. Yo se la deslizo por debajo de la puerta. A lo mejor se tira unos minutos leyéndola. Todo bien, me grita. Todo bien. Vale a las tres. Díselo a Julian. Orford a las tres.

Está bien. Después del baño, se da un paseo por el jardín. A Edward le encanta andar. Yo estoy aquí. Planchando. No veo a Edward. Puede que se acercara un amigo suyo en coche y se lo llevara. Yo no lo oigo. Edward está muy triste por su Deborah. No habla mucho. Sophie, me dijo, me falta Deborah de un modo terrible. Quizá haya ido al cementerio.

Aparcado en una ladera desde la que se dominaba el pueblo, Proctor se armó de valor para llamar al despacho de Battenby: volvió a ponerse el ayudante, a quien le contó que Florian había desaparecido, que no había firmado el documento, y que él, Proctor, había tomado la decisión de cancelar todos sus pasaportes, incluso el vigente pasaporte británico, y poner en alerta todos los puertos.

Le pasaron inmediatamente con Teresa, quien, sin andarse por las ramas, consideró necesario aplicar a Edward la calificación de criminal a la fuga y propuso que se diera aviso a la policía y a los servicios fiscales de la Corona de inmediato.

—Teresa. ¿Puedes concederme un par de horas, no sea que esté dándose un paseo, sin más? —rogó Proctor.

—Ni hablar. Voy ya camino del Despacho del Gabinete.

Proctor volvió a llamar a Billy, esta vez para darle orden de que desplegara a todo el equipo de vigilantes para peinar los alrededores —y, sí, que pidiera reconocimiento aéreo si lo consideraba necesario—. Si encontraban a

Edward, debían retenerlo, empleando un mínimo de fuerza, pero sin entregárselo en ningún caso ni a la policía ni a nadie más, hasta que Proctor tuviera oportunidad de hablar con él.

—Todo esto es demasiado para él, Billy. Está ganando tiempo. Se presentará.

¿Se lo creía él mismo? No lo sabía. Ya eran las cinco de la tarde. Se acercaba la puesta de sol. Lo único que se podía hacer era esperar. Y llamar de vez en cuando a Julian, por si Lily o él habían tenido noticias.

En el café bar Gulliver, el menor ruido sonaba a detonación. Tras una vigorosa sesión en la zona infantil, Sam enseguida se quedó dormido en su cochecito. Lily ocupaba su taburete habitual en la barra, o con la cabeza entre las manos o mirando el móvil, pidiéndole que sonara. O acercándose a la ventana por si daba la remota casualidad de que Edward, con su sombrero Homburg y su trinchera, estuviera dando un paseo por la calle. Proctor había llamado dos veces durante la última hora preguntando si sabían algo nuevo. Ahora llamaba por tercera vez.

—¡Dile que se vaya al diablo! —le sugirió Lily vagamente a Julian por encima del hombro. Con el estrés se le habían pasado las ganas hasta de decir palabrotas.

Estaba a punto de retomar sus contemplaciones cuando se presentó Matthew en la puerta diciendo que el Pequeño Andy, el cartero, que acababa de terminar su ronda, estaba abajo, en el almacén, y que necesitaba hablar con Lily de un asunto personal.

Llevando consigo el móvil, Lily bajó la escalera en pos de Matthew. El Pequeño Andy, que medía un metro noventa y cinco, iba en vaqueros, no llevaba su uniforme de correos. Lily pensó por un momento —como más adelante le diría a Julian— que si acababa de terminar su turno se había dado una prisa enorme en cambiarse. Eso fortaleció su sensación de presentimiento. También observó que Andy prescindía de su habitual saludo lleno de simpatía.

—Es lo peor que podemos hacer, Lily —comenzó, empezando por la mitad y no por el principio—. Llevar un pasajero no autorizado. Es el despido fulminante, si nos pillan.

Lo que de verdad, de verdad, le preocupaba a Andy, según dijo, era el estado de salud del señor Avon, bueno, de Teddy, por el modo en que se coló por detrás en su furgoneta, como un muñeco saltarín, diciendo Perdóname, Andy, como si fuera una broma. Para empezar, si Sophie no le hubiera tenido preparada una taza de té, a él, Teddy nunca podría haberse metido en la furgoneta. Cómo lo habría conseguido, con su tamaño; no le entraba en la cabeza a Andy.

Julian se había situado a la espalda de Lily y estaba escuchando el relato de Andy:

—Teddy, le dije, bájate. Bájate ya. No te digo más. Luego se pone a contarme que su cuñada iba a llegar a

Silverview en cualquier momento, y que no podía soportar verla. Con perdón, Lily, ya sé que es tu tía. Y añade que además ha perdido las llaves de su coche, o sea que, ¿qué otra cosa podía hacer? Señor Avon, le dije. No lo llamo Teddy. Aunque sea usted. Si no se baja de mi furgoneta en este mismo instante, voy a pulsar mi alarma, y eso no le traerá nada bueno, y seguramente a mí tampoco.

—Vale, pero ¿la pulsaste o no? —preguntó Lily, en un tono que a Julian le sonó menos alterado de lo que él habría supuesto.

—Fue visto y no visto, Lily, de veras. De acuerdo, Andy, me dice. No te alteres, lo comprendo perfectamente y está bien, ya sabéis cómo es, cuando quiere; vale con que me dejes en la próxima esquina, pasado el garaje, donde nadie puede vernos, y yo seguiré andando y nadie tiene por qué enterarse, y toma estas diez libras, que no le cogí. Pero seguía pareciéndome que no estaba en sus cabales, Lily. Y, bueno, cómo iba a estarlo, con Deborah muerta hacía nada. Solo que si esto llega a saberse...

—¿Andando adónde? —le preguntó Lily en el mismo tono ligeramente imperioso.

—No lo dijo, Lily, y no tuve oportunidad de preguntárselo. Se bajó tan deprisa de la furgoneta, no te lo puedes imaginar. Lo único que me dijo fue que iba a alejarse de tu tía, con perdón, todo lo que le fuera posible. Luego, pues eso, yo volví.

—¿Volviste adónde? —otra vez Lily.

—A echar un vistazo donde lo había dejado. Para ver si estaba bien. Podía haberse caído, o cualquier cosa, con los años que tiene. Pero entonces ya lo estaba recogiendo alguien, ¿verdad? Lo que te digo, en unos segundos, tiene que haber sido cuestión de segundos.

—¿Quién y con qué? —preguntó Julian esta vez, mientras Lily se agarraba a su mano.

—Un Peugeot pequeño. Negro. Muy limpio. Es raro que alguien coja a alguien en estos tiempos, pero sí que ocurre.

—¿Viste al conductor, Andy? —preguntó Lily.

—Solo desde atrás. Cuando el coche se alejaba. Con Edward en la parte de delante, que dicen que es menos peligroso si no conoces al que te coge.

—¿Hombre o mujer?

—No hay modo de saberlo, Lily, con las cosas que ahora se hace la gente en el pelo.

—¿Qué matrícula?

—No de aquí, eso es seguro. Tampoco conozco a nadie que tenga un Peugeot negro en esta zona. ¿Adónde se lo habrá llevado? Y todo por causa de tu tía, Lily. No le vi el menor sentido al asunto. Y ¿cómo saber quién lo recogió? Puede haber sido cualquiera.

Dándole muy efusivamente las gracias y prometiéndole que solo se pondría en contacto con la policía o los hospitales si resultase indispensable, y sin dar en ningún momento el nombre de Andy, Julian lo acompañó a la puerta. Cuando volvió arriba, no encontró a Lily en el Gulliver, sino en el voladizo de su cuarto de estar, mirando al mar.

—Dime solo una cosa: qué se supone que debo hacer —le preguntó a su espalda—: ¿Llamo a Proctor inmediatamente, o no digo nada y dejo en manos de Dios que se presente aquí?

Ninguna respuesta.

—Quiero decir que si de verdad está mal, lo que tendríamos que hacer quizá fuera permitir que Proctor lo encuentre y le proporcione la ayuda necesaria.

—No lo encontrará —dijo Lily y, volviéndose hacia él, le mostró una expresión tan radicalmente cambiada, alegre, por no decir radiante, que Julian temió por ella durante un momento—. Ha ido a buscar a Salma —dijo—. Y este es el último secreto que te ocultaré.

Epílogo de Nick Cornwell

Me encuentro en la posición del gato que no solo está autorizado a mirar al rey: también se le exige que diga algo sustancial sobre él y su obra. De muchacho, me habría resultado muy fácil. Estaba enamorado de la narración de Smiley, no de la narración de Karla, y especialmente de la lectura que hace Michael Jayston de *El topo*. La escuché una y otra vez en mi abultado radiocasete JVC, hasta poder repetirla incluso con su cadencia: «Tengo una historia que contaros. Es toda de espías. Y si es cierta, como yo creo, vais a necesitar una organización totalmente nueva, chicos». Les habría dicho a ustedes, entonces, pero también puedo hacerlo ahora, que David John Moore Cornwell, más conocido por John le Carré, fue no solo un padre soberbio, sino también un narrador deslumbrante y único.

El invierno de 2020-2021 fue nefasto. A principios de diciembre me encontraba en casa de mis padres en Cornualles, cuidando de mi madre, cuyo cáncer estaba agravándose definitivamente en ese momento, mientras mi padre permanecía en el hospital con sospecha de neumonía. Pocas noches después estaba inclinado sobre la cama de mi madre, en ese mismo hospital, diciéndole que mi padre no había salido adelante. Lloramos, y me volví a casa solo, a mirar la lluvia caer sobre el océano.

Era, soy, absurdamente afortunado. Cuando murió mi padre no había nada pendiente entre nosotros: ninguna palabra inapropiada, ninguna bronca sin resolver; ninguna duda, ningún recelo. Yo lo quería a él, él me quería a mí. Nos conocíamos, estábamos orgullosos el uno del otro. Dejábamos sitio para los defectos de cada uno y lo pasábamos bien. No se puede pedir más.

Solo que yo había hecho una promesa. No la había hecho a la ligera, pero fue allá por el metafórico verano, en algún momento de no sé qué año. Paseábamos por Hampstead Heath. Mi padre ya vivía con el cáncer, que no parecía ser de los que te matan, sino de los que mueres con él dentro. Me pidió una promesa, y se la di: si dejaba algún relato incompleto al morir, ¿lo terminaría yo?

Le dije que sí. No me imagino diciendo que no. De escritor a escritor, de padre a hijo: cuando yo no pueda seguir, ¿llevarás tú la antorcha? Dices que sí, por descontado.

Así pues, con la vista puesta en un océano negro, en una noche triste de Cornualles, me acordé de *Proyecto Silverview*.

No lo había leído, pero sabía que estaba ahí. No incompleto, sino retenido. Revisado y vuelto a revisar. Empezado justo después de *Una verdad delicada*, que yo había dado en considerar un perfecto destilado de su obra: una extraordinaria expresión de habilidad, sabiduría, pasión y relato. *Proyecto Silverview* estaba escrito, sí, pero él nunca lo firmó. Una novela y una promesa, pero no consumadas.

¿Era, pues, un texto malo? A cualquier escritor puede ocurrirle. Si lo era, ¿tenía arreglo? Si lo tenía, ¿podía arreglarlo *yo*? Como mi padre, poseo capacidad de mimetismo, pero de ahí a desplegarla por completo, a falsificar su voz durante trescientas páginas si el libro las requería... ¿Podía siquiera acercarme a ello? ¿Debía?

Lo leí, y mi desconcierto aumentó. Era tremendamente bueno. Había los gazapos habituales en un manuscrito: palabras repetidas, deslices técnicos, algún raro párrafo confuso. Pero estaba más pulido de lo que suele estar un documento que ni siquiera se ha entregado aún para revisión, y era, como *Una verdad delicada*, un reflejo perfecto de su propia obra —un canto de experiencia—, sin dejar de ser un relato pleno, con su propia fuerza emotiva y sus propias preocupaciones. ¿Qué le impidió publicarlo? ¿Por qué lo mantuvo en un cajón de su mesa, sacándolo una y otra vez para revisarlo y volviendo a guardarlo siempre, sin darse por satisfecho? ¿Qué era exactamente lo que yo tenía que arreglar? ¿Tendría que ponerle cejas a la *Mona Lisa*?

En las raras ocasiones en que preví este momento y mi participación en él, di por supuesto que me encontraría un libro terminado en sus tres cuartas partes, con gran cantidad de notas preparativas del final y quizá algún material no incorporado aún, de manera que mi trabajo consistiría en una especie de urdimbre textual sincrética. Pero no había que hacer nada de eso. La versión que el lector tiene ahora en las manos es resultado de un proceso de revisión que vino a ser más bien un cepillado clandestino que ninguna otra cosa. Resulta, desde cualquier punto de vista razonable, puro le Carré, aunque el lector es libre de achacarme a mí todo lo más desafortunado.

De modo que, otra vez, volvamos al porqué. ¿Por qué les llega este libro a ustedes ahora?

Tengo una teoría. Carece de base, es intuitiva y no puede probarse. Proponerla puede costarme que los rigurosos árbitros de la verificabilidad que controlan la información puesta en circulación por el Circus de mi padre me cuelguen por los pulgares. Y, sin embargo, como le pasaría a Ricki Tarr, estoy convencido de que es verdad.

Hay una frontera que mi padre marcó con mayor firmeza que ninguna otra: no hablaría de los secretos añosos, amarillentos, ligeramente confusos de su trabajo en el servicio de inteligencia. No dio nombres, no comunicó, ni siquiera a sus más íntimos, los hechos de sus tiempos de funcionario secreto. Nunca supe nada de este período de su vida que no esté impreso y pueda leerse en cualquier lugar del ancho mundo. Fue, incluso después de su partida del SIS en los años sesenta, fiel a las promesas del Servicio y a las suyas propias. Si había algo que lo ofendiera profundamente era la sugerencia —que de vez en cuando le hicieron funcionarios importantes de la moderna comunidad, engañados por sus andanadas contra la politización del trabajo de inteligencia— de que había traicionado por acción u omisión a sus antiguos colegas. No lo hizo y, sin decir nada, pero consistentemente, a lo largo de los años, sus colegas, sin que nadie los llamara, lo respaldaron en las librerías y por los caminos, en encuentros casuales lo suficientemente prolongados como para hacerle saber que ellos lo sabían.

Pero *Proyecto Silverview* hace algo que ninguna otra novela de le Carré hizo nunca. Muestra un Servicio fragmentado: repleto de facciones políticas, no siempre amable con quienes debería apreciar, no siempre muy eficaz ni alerta, y, en última instancia, no muy seguro, ya, de su propia razón de ser. En *Proyecto Silverview*, los espías de Reino Unido han perdido, como muchos de nosotros, la seguridad sobre el significado de su país, sobre quiénes somos a nuestros propios ojos. Como pasa con la Karla de *Los hombres de Smiley*, pasa con nuestro lado: es la humanidad del Servicio la que no está a la altura, y ello empieza a hacer dudar de que la tarea valga lo que cuesta.

Lo que yo creo es que él nunca se decidió a expresar esto último en voz alta. Creo que, a sabiendas o no, se negaba a ser el transmisor de estas verdades a-de-desde la institución que fue su casa cuando era un perro perdido sin collar en mitad del siglo xx. Creo que escribió un libro maravilloso, pero que al verlo lo encontró demasiado próximo al núcleo de la cuestión, algo que se le hacía más evidente cuanto más lo refinaba. Y en esas estamos.

Ustedes se formarán su propia opinión, que será tan válida como la mía; pero esto es lo que yo creo.

Mi padre se esfuerza en estas páginas, como siempre hizo, en decir la verdad, en hilar lo más fino posible, y mostrárselo al mundo.

Bienvenidos a *Proyecto Silverview*.

Nick Cornwell
Junio de 2021

Nick Cornwell es el hijo menor de John le Carré. Su nombre de pluma es Nick Harkaway.

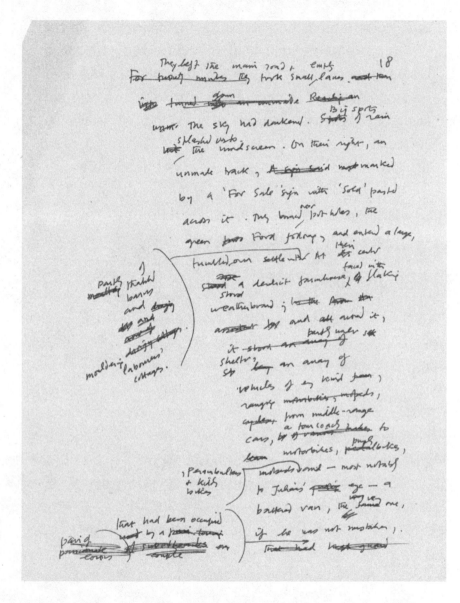

Facsímil de la página 18 del manuscrito original de *Proyecto Silverview*.